让日常阅读成为砍向我们内心冰封大海的斧头。

白

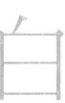

[韩] 韩江 著

胡椒筒 译

四川文艺出版社

韩语中的白色有"하얀"和"흰"两个形容词,
有别于前者如同棉花糖一样的白,
后者凄凉地渗透着生与死
我想写的是属于后者的"白"书

——韩江

目录

(第一章)

我

1

(第二章)

她

47

(第三章)

所有的白

161

作者的话
189

第一章

我

나

春天，当我下定决心写一些关于白的东西时，最先做的就是列出目录。

襁褓

  婴儿服

盐

雪

冰

 月亮

米

 波浪

  白木兰

白鸟

  粲然一笑

白纸

白狗

白发

寿衣

但奇怪的是，每写下一个单词，我的心都会摇摆不定。因为我太想完成这本书，并且预感到这一书写过程将会带来某种改变。这就好比在伤口处涂上白色的药膏，再在上面盖上某种像白纱布一样的东西。

但过了几天，当我重读目录时不禁思考，深究这些单词又有什么意义呢？

就像拉开弓弦时会发出伤感、诡异或尖厉刺耳的声音，若用这些单词揉搓心脏，或许会流淌出一些文章，但把白纱布盖在、隐藏在文章的字里行间真的没关系吗？

很难回答这个问题，所以我迟迟没有动笔。八月，我来到这个陌生国家的首都，租到房子，住了下来。差不多又过了两个月，就在那个天气开始转凉的夜晚，偏头痛如同歹毒的老朋友找上门来，我热了一杯水吞下药丸的瞬间（平静地）恍然大悟，反正藏起来是一件不可能的事。

有时，时间会让人觉得锋利，特别是在生病的时候。从十四岁开始的偏头痛在毫无预兆的情况下，伴随着胃痉挛找上了门，就此中断了我的日常生活。在我搁置手中所有的工作，忍受痛症期间，一滴滴掉落的时间就像剃须刀片结集而成的珠子，仿佛擦过指尖都会流出血一般。每吸一口气，我都能够切实地感受到自己正在活下去。即使在我重返日常以后，那种感觉仍旧屏息凝神地守在原地等待着我。

如此锋利的时间的棱角——我们置身于每分每秒不断延长的、透明的悬崖边，向前走去。在一路走来的时间尽头，我们胆战心惊地迈出一只脚，接着在意志无暇介入之时，又毫不迟疑地踏出另一只脚。但这并非因为我们特别勇敢，而是除此以外我们别无他法。此时此刻，我还是能感受到那种危险。我莽莽撞撞地走进未曾活过的时间里尚未提笔书写的书中。

门

문

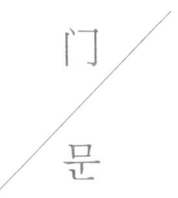

这是很久以前的事了。

在签约之前,我又去看了一遍那户的房子。

原本白色的铁门,早已随着时间的流逝褪了色,很脏,多处掉漆,掉了漆的地方还生了锈。如果只是这样,我应该只会记得那是一扇格外老旧且脏兮兮的门,但问题是那门牌号"301"的写法。

有人(也许是之前某位住在这里的房客)用锥子般尖锐的东西刮擦门的表面,写下了数字。我沿着笔画的顺序仔细端详了一番。三拃大小的3。0比3小,但反复加粗的刮痕重叠在一起,使得它比3更先映入眼帘。最后是最深的、使尽全力刮得长长的1。黑红色的锈水沿着粗蛮的直线和曲线漫延流淌下来,恰似残留已久的血迹凝固了。我什么都不珍惜,我居住的地方、每天开关的门和我这该死的人生,我都不珍惜。那一组咬紧牙关的数字正紧盯着我。

那就是我要找的房子,是我打算从那年冬天开始居住的房子的门。

整理好行李的隔天,我买了一桶白漆和一把大油漆刷。没有贴壁纸的厨房和房间的墙壁上可以看到大大小小的污渍,特别是电开关的周围脏得都黑了。为了避免油漆溅到身上太明显,我在浅灰色的运动服外面又套了一件白色的旧毛衣,然后开始粉刷。最初我就没打算把这件事做得尽善尽美,只是觉得白色的斑迹总好过脏兮兮的污渍,所以漫不经心地只刷了脏兮兮的地方。我把天花板上一度因漏雨而形成的大片水渍刷成了白色,用湿毛巾擦干净淡褐色水槽内侧的污垢后,把它也刷成了白色。

最后我走出玄关,开始刷铁门。每刷一下疮痍满目的铁门,上面的污渍便会随之消失。锥子刮过的数字消失了,血迹般的锈水消失了。我走进温暖的房间休息,一个小时后出来一看,油漆变模糊了。因为我用的是油漆刷,不是滚筒刷,所以刷痕格外明显。为了让刷痕看起来不那么明显，我又刷了一层厚厚的油漆，然后走回房间。一个小时后，我踩着拖鞋出来一探究竟时，看到外面正在飘雪。不知不觉间小巷变暗了，但路灯还没亮起。我一手提着油漆桶，一手拿着油漆刷，弓着腰站在原地，呆呆地注视着如同羽毛般百缕飘散、徐徐落下的雪花。

襁褓 / 강보

雪白的襁褓紧紧地裹着刚出生的婴儿。子宫比任何地方都要狭小和温暖，护士生怕突然无限扩大的空间吓到婴儿，于是用力裹住他的身体。

现在，他是初次用肺呼吸的人了。他不知道自己是谁、身在何处、生命的起始意义为何。他比刚出生的雏鸟和狗崽还要脆弱无力，他是幼嫩的哺乳类中最幼嫩的动物。

因失血过多而脸色苍白的女人注视着孩子哭泣的脸蛋，她慌张地接过襁褓中的孩子抱入怀中。女人不知道让哭声停止的方法。她刚刚经历了难以置信的痛苦。因为某种气味，孩子突然止住了哭声，又或者是因为两个人仍存在着联结，孩子那双尚看不清东西的黑眼睛望向女人的脸庞（声音传来的方向）。两个人依旧联结在一起，但不知道就此开始了什么。在弥漫着血腥味的沉默中，两个身体之间隔着雪白的襁褓。

婴儿服 / 배내옷

母亲生的第一个孩子在出生两个小时后便死掉了。

母亲说,她是一个脸蛋白得像半月糕一样的女婴。因为是仅有八个月的早产儿,所以她的身体非常小,但眼睛、鼻子和嘴巴都长得很鲜明、漂亮。母亲还说,她始终难以忘怀那双乌溜溜的黑眼珠望向自己的瞬间。

当时,母亲和被分配到乡村小学当教师的父亲住在偏僻的公房里。因为距离预产期还有很长一段时间,所以母亲没有做任何准备,但那天上午羊水突然破了。母亲身边没有一个人。村里只有一部电话,还是在走路需要二十分钟的公交车站前的商店里。距离父亲下班也还有六个多小时。

那是刚下霜的初冬。二十三岁的母亲慢吞吞地爬进厨房,照着不知从哪儿听来的方法把水煮滚,然后给剪刀消了毒。她从针线箱里翻出一块够做一件婴儿服的白布,忍着阵痛,一边害怕得直掉眼泪,一边做起了针线活。婴儿服缝好后,又准备了一条用来当襁裸的被单。母亲强忍着愈渐强烈且频繁的疼痛。

　　最终，母亲独自生下了孩子。她亲手剪断脐带，把刚做好的婴儿服穿在沾有血迹的小身体上。一定要活下来。母亲抱着只有巴掌大的、哭声如细丝般的孩子反复喃喃自语着。一个小时后，孩子奇迹般地微微睁开原本紧闭着的眼皮。母亲凝视着那双乌溜溜的眼睛，再次喃喃地说，一定要活下来。又过了一个小时，孩子死了。母亲把孩子抱在胸前侧躺下来，忍受着怀里的身体渐渐失去温度，干涸的眼眶再也流不出眼泪。

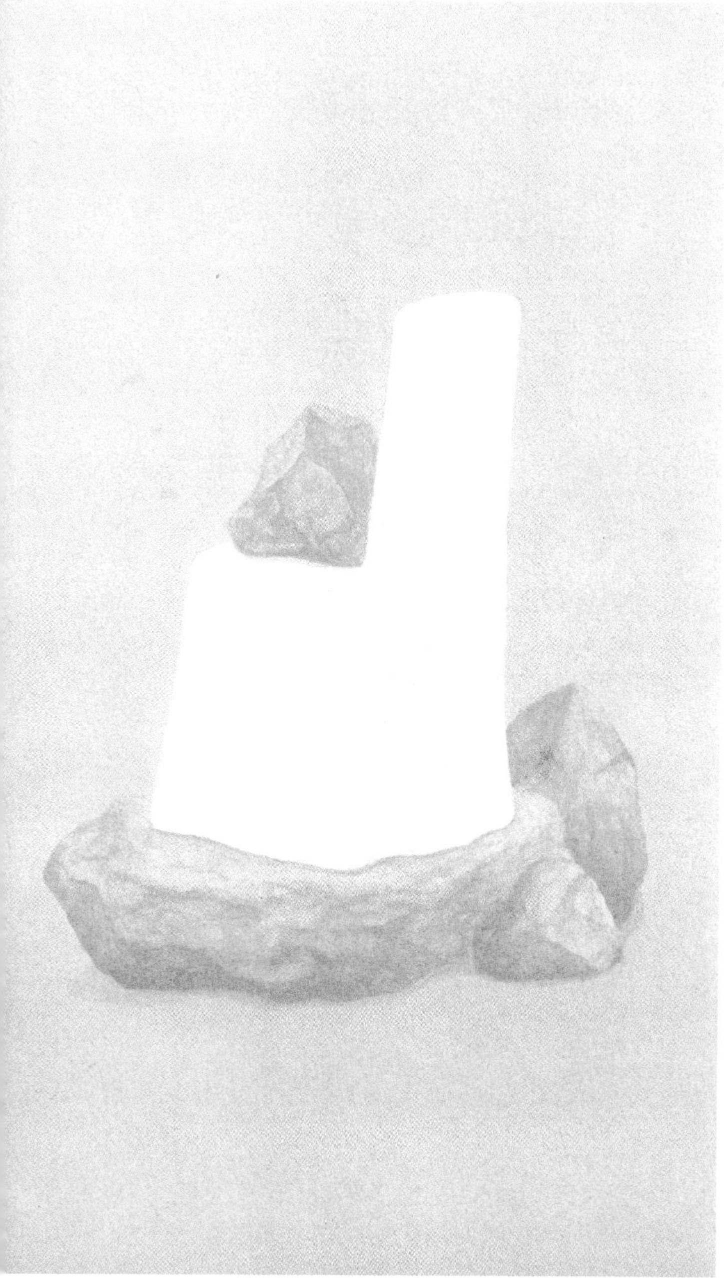

半月糕 / 달떡

去年春天，在录制电台节目时，有人问我，小时候有切身经历过什么悲伤的事吗？

那瞬间，我突然想到了那场死亡。我在那个故事中长大成人。幼嫩的哺乳类中最幼嫩的动物，像半月糕一样白皙、美丽的孩子。那是一个我在她死去的地方出生长大的故事。

我一直很好奇像半月糕一样白是什么意思，直到七岁那年做松糕的时候，我才突然明白了。将米粉和成面，然后捏成一个个半月形，尚未蒸过的半月糕美得仿佛不存在于这个世界一样。然而，当我看到装盘后的松糕上粘着横七竖八的松叶，不禁感到很失望。涂抹了香浓芝麻油的松糕带着油光，蒸锅的热气改变了它原有的颜色和质感。当然，味道是无可挑剔的，只是它们变成了与之前美得耀眼的米粉团截然不同的东西。

那一瞬间我明白了，母亲说的是还没进蒸锅的半月糕。原来孩子的脸蛋是那么干净，想到这儿我感到胸口发闷，就像被铁块压住了一样。

去年春天，我在录音室没有提这件事，而是讲了小时候养的狗。在我六岁那年冬天死掉的白狗，是一条聪明伶俐、混有一半珍岛犬血统的狗。我们有一张亲密的黑白合照，但奇怪的是，我并没有它活着时候的记忆。我只清楚地记得它死去的那天早上，白色的毛、黑色的眼睛和一直湿漉漉的鼻子。那天以后，我变成了一个不喜欢狗的人，直到现在我还是无法伸手去抚摸狗的脖子和脊背。

幼嫩的哺乳类中
最幼嫩的动物,像半月糕一
样白皙、美丽的孩子。
那是一个
我在她死去的地方
出生长大的故事。

霧

안개

为什么在这座陌生的城市里总是会想起过往的记忆呢?

走在街上,我几乎听不懂擦肩而过的人们讲的话,也看不懂路过的招牌上写的单词。我就像一座坚固且移动的小岛穿过人群。有时,我会觉得自己的肉体就像某种监狱,仿佛一生经历过的所有记忆,和那些无法与记忆分离的母语一起被孤立、封印了起来。然而,孤立越是坚不可摧,意料之外的记忆就会越发鲜明,沉重得仿佛快要将我压倒。这让我不禁觉得,去年夏天想要逃亡的地方,其实是我的内心,而并非地球对面的某一座城市。

此时,晨雾笼罩着这座城市。

天与地之间的界线消失了。透过窗户,只能看到在四五米远的地方两棵高耸的杨树隐约呈现出墨色轮廓。除此之外,一切都是白的。不对,可以说那是白吗?每一颗冰冷的粒子蕴含着潮湿的黑暗,那明幽无声的澹漾就是那庞大水汽的去向吗？

　　我想起很久以前，某座岛屿的清晨也如此这般地被浓雾笼罩。我和同行的旅伴来到海边的悬崖路散步，海边的松树若隐若现，黑灰色的悬崖绝壁如削。大家俯览着海雾笼罩下动荡的黑色大海，与以往不同的是，每个人的背影都显得十分凄凉。但隔天下午，当我们走在同一条路上时，我不禁意识到那条路上的风景原来如此平凡。原以为是神秘沼泽的地方，不过是落满尘灰的干涸水坑。那些像是在彼岸摇摆不定的松树，竟然井然有序地栽种在铁丝网的另一边。大海犹如明信片上的照片一样湛蓝、美丽。所有的一切都在界线内屏住呼吸，等待着下一场大雾的降临。

　　在这样浓雾弥漫的清晨，这座城市的幽灵们会做什么呢？

　　他们是否会从屏息等待已久的大雾中走出来散步呢？

是否会在那些把声音都漂白了的水分子之间，用我不得而知的、他们的母语打招呼呢？还是只是默默地点头，或摇头呢？

白城 / 흰 도시

我在位于城东的纪念馆的二楼放映室里，观看了美军在一九四五年春天航拍的这座城市的影片。影片的字幕显示，自一九四四年十月起的六个月间，这座城市百分之九十五的区域遭到了破坏。这是欧洲唯一一座发动起义抵抗纳粹的城市。一九四四年九月，这座城市戏剧性地在一个月内击退了德军，实现了民主自治。于是希特勒下令，不惜动用一切手段彻底摧毁这座城市，以儆效尤。

影片刚开始时，从高空俯瞰的城市仿佛覆盖了一层积雪，些许的黑灰落在白雪和冰面上，看上去就像斑斑点点的污痕。但当飞机降低高度，城市的面貌越来越近时，我才看清原来那不是积雪，也没有黑灰落在冰面上。所有的建筑倒塌、粉碎，碎石堆积的残骸闪着白光，万物被烧焦的痕迹在视线所及范围内无止境地延伸开来。

那天搭公交车回家的途中，我在过去曾是古城的公园下了车。穿过相当宽广的森林公园,又走了一阵,看到一栋老旧的医院建筑。那原本是一九四四年遭遇空袭被摧毁的医院,依照原貌复原以后,如今变成了美术馆。四周传来恰似云雀高啼的鸟鸣,当我走过郁郁葱葱的林间小径时恍然体会到,这里的一切都死过一次。这些树木、鸟儿、小径、街道、房屋、电车,还有人们。所有的一切。

正因为这样,这座城市所拥有的一切都没有超过七十年。旧城区的城郭、华丽的宫殿和位于市郊湖畔的君王避暑山庄统统都是假的,它们都是人们依照照片、图画和地图坚持不懈复原出来的新结果。偶尔会看到某些柱子或墙壁残留着过去的部分,人们会在它的上方或两侧接上新的部分。那些划分着新旧的界线和见证了毁灭的纹路,毫不掩饰地呈现在世人面前。

那天,我第一次想起那个人。

那个与这座城市拥有相似命运的人;一度死去或被摧毁过的人;在被熏黑的残骸之上,坚持不懈地复原自己的人；因此至今仍是崭新的人；如同某些残缺的柱子或古老的墙壁连接着新的部分，进而形成奇怪纹路的人。

黑暗中的某些事物

어둠 속에서 어떤 사물들은

某些事物在黑暗中会呈现白色。

当朦胧的光线渗入黑暗时,那些原本并不白的东西也会发出苍白的光芒。

夜晚,难以入眠的我躺在关了灯的客厅沙发床上,感受着时间在苍白的光芒里流逝。我注视着窗外摇晃的大树投在白色石灰墙上的影子,反复思考着那个人(与这座城市相似的某个人)的脸庞,等待着她的轮廓和表情渐渐清晰可见。

有光的方向 / 빛이 있는 쪽

我读到一个真实的故事。在这座城市的犹太人居民区，有一个男人坚称，在他六岁时死去的哥哥的灵魂一直与自己同在。这显然是不现实的，但故事字里行间的真挚口吻难以让人断然否定。男人时常听到孩子没有形态和触感的声音。他在被领养的比利时家庭长大，所以不懂这个国家的语言，甚至不晓得自己有一个亲哥哥。他以为这一切只是因为倒霉，所以才会不断做着清醒梦，或是产生错觉。十八岁那年，男人才了解到自己的家族史，为了理解来找自己的灵魂，他开始学习这个国家的语言。他因此得知，幼年时的哥哥至今还惴惴不安，时常听到的声音正是他在被军队抓走前，深陷在恐惧中反复高喊的那几句话。

我不愿去想象那个六岁的孩子惨遭杀害的结局。读了这个故事以后，我辗转难眠了好几天。在某一天的清晨，当内心终于恢复平静时，我想起了那个出生后只活了两个小时的孩子。如果母亲的第一个孩子偶尔来找我，我可能无从得知，因为她没有学习语言的时间。虽然她睁眼望着母亲长达一个小时，但视神经尚未发育的她根本无法看清母亲的脸，她只能听到母亲的声音。*活下去，一定要活下去*。这句听不懂的话，就是她唯一听到的声音。

正因为这样，所以我既不能肯定，也无法否定她是否来找过我，是否在我的额头和眼眶里稍作停留，以及我儿时所体会到的某种感受和模糊的感情是否冥冥之中来自她。躺在昏暗的房间里，感受到寒冷的瞬间，任何人都会找上门。活下去，一定要活下去。朝向无法解读的爱与痛苦的声音；朝向朦胧的白光与有体温的方向。或许在黑暗中，我也像她那样睁眼凝望着。

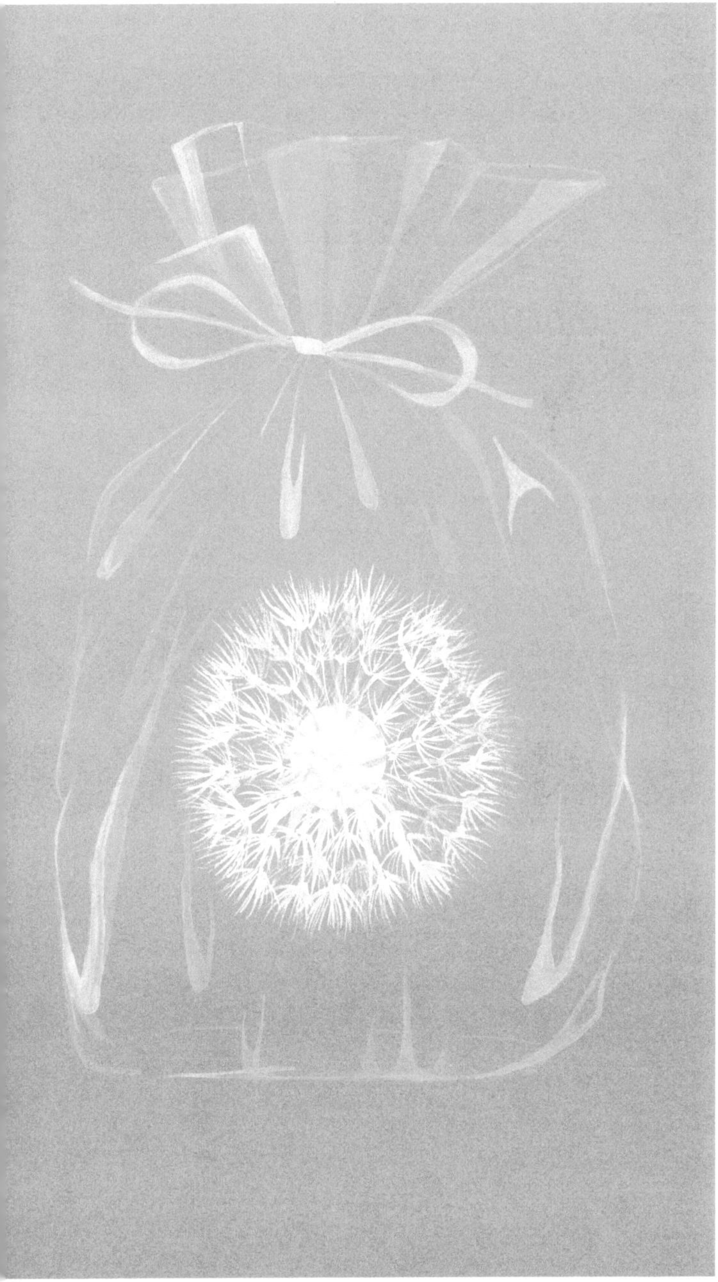

奶
水

젖

二十三岁的女人独自躺在房间里。初霜未化的星期六早上,二十六岁的丈夫为了埋掉昨天出生的婴儿,拿着铁锹去了后山。由于浮肿得厉害,女人很难睁开眼睛,全身每一个关节和肿胀的手指都刺痛难忍。忽然间,女人感到胸部胀得发痛,她坐起身来,笨手笨脚地挤起了奶水。最初是稀的、淡黄色的奶水,之后才流出了白色的奶水。

她

그녀

我想象那个孩子活了下来，喝了那些奶水。

她拼命地呼吸，嚅动嘴唇吸吮着奶水。

断奶以后，她会吃粥和饭。在成长期间，以及成为女人以后，她还会经历几次危机，但每次她都得以重生。

死神每次都会与她擦肩而过，又或者是她每次都在背对死神前行。

活下去，一定要活下去

那句话就像符咒烙印在她体内。

就这样，她代替我来到这里。

来到这座熟悉到令人感到诡异的、与自己的生死相似的城市。

蜡烛 / 灰

她走在这座城市市中心的街道上，遇到了残留在十字路口处的部分红砖墙。在复原因轰炸而毁坏的建筑的过程中，人们将德军枪杀市民处的红砖墙拆下，移至前方约一米远的地方。低矮的石碑上记载着这件事。石碑前放有一个花瓶，周围立着几根点亮的白蜡烛。

此时笼罩着城市的雾已没有清晨那么浓了，却也像极了半透明的临摹纸。若有一阵强风突然吹散这场雾，说不定呈现在眼前的不是复原后的建筑，而是七十年前令人触目惊心的废墟。也许那些聚集在她身边的幽灵，正挺直腰背、瞪大双眼凝望着那面曾经见证自己被杀害的红砖墙。

然而并没有风吹来，任何事物都没有现身。流淌下来的烛泪又白又烫。白色烛芯的火光渐渐凹陷下去，蜡烛变得越来越短，最终缓缓地消失了。

现在，我会把白色的东西给你。

即使它会变脏，

我也只想给你白色的东西。

我再也不会问自己，

是否可以把这人生交付于你了。

朝向无法解读的
爱与痛苦的声音；朝向
朦胧的白光与有体温的方向。
或许在黑暗中，
我也像她那样睁眼凝望着。

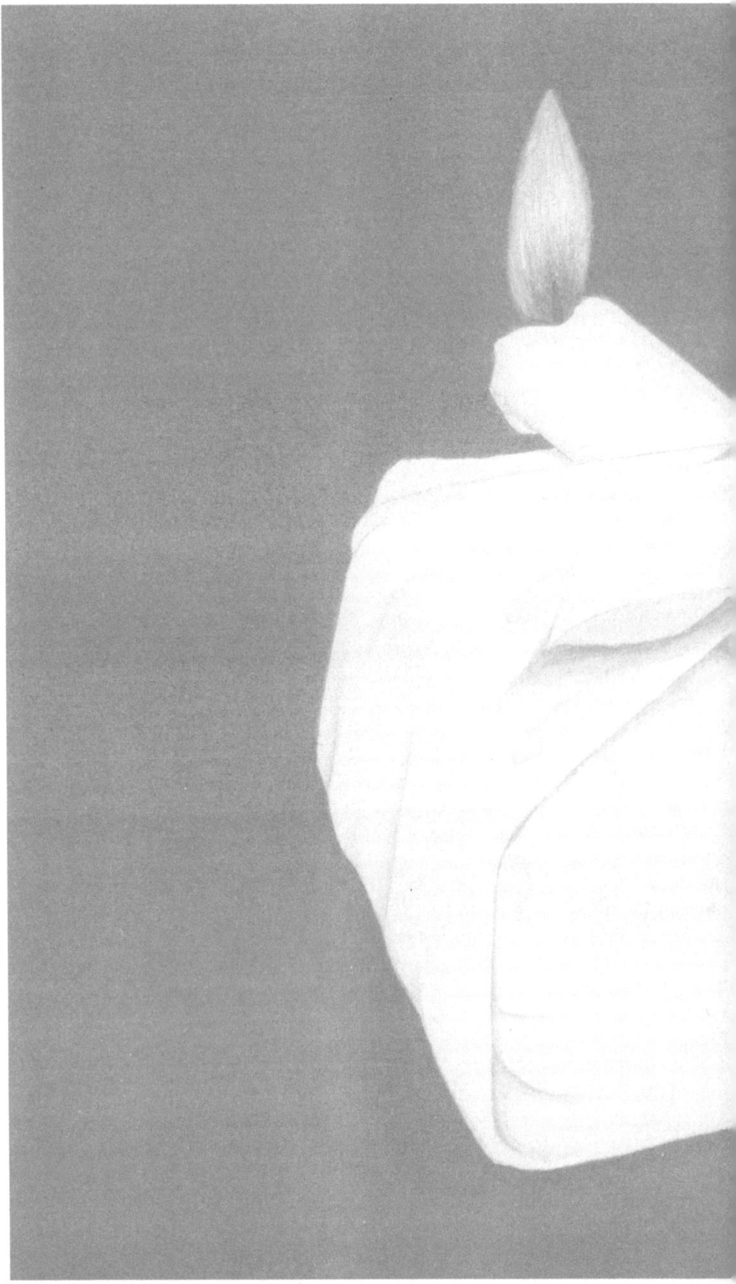

第二章
她

그녀

霜花

성에

没有彻底隔绝空气的玻璃窗上结了霜花。严冬时节,那结成冰的白色纹路仿若江面或溪水表面的薄冰。听闻小说家朴泰远[*]在长女出生时,因看到那样的窗户,故给女儿取了"雪英"这个名字,意为"雪之花"。

她见过因过于寒冷而结冰的大海。那是一片水很浅、十分平静的大海。但如今放眼望去海滩上的浪花结成了耀眼的冰,恰似一层层白色的花朵绽放到一半便被冻结了。她望着那光景,走在沙滩上,又看到一群冻僵了的白鳞鱼。当地人说,他们把这种日子称为"海面上结了霜花"。

---

[*] 朴泰远(韩语:박태원,号仇甫,1910—1986),著名小说家。1930年以短篇小说《胡须》登上文坛,随后发表了短篇小说《行人》《悔改》和《疲劳》等多部作品,是20世纪30年代韩国现代文学的代表作家之一,亦是当时活跃于文坛的"九人会"成员之一。1950年朝鲜战争爆发后,他独自赴朝,出任当时平壤文学大学教授。晚年于朝鲜创作大河历史小说《甲午农民战争》。其长女朴雪英于1951年出任平壤机械大学英文系教授。朴泰远也是著名电影导演奉俊昊的外祖父。——本书中的注释均为译者注

霜

서리

虽然她出生那天下的不是初雪,而是初霜,但父亲在取名时还是选用了"雪"字。长大以后,她比其他人更怕冷,于是心生埋怨,觉得也许是因为名字里带有寒意。

她喜欢踩在下过霜的土地上,感受半结冰的大地的触感穿透运动鞋的鞋底直达脚底的瞬间。无人践踏的初霜就像精盐一样。下霜以后,阳光会变得更加苍白,人们的口中会呼出白色的水汽,树木也因树叶的掉落而变得轻盈。但石头或建筑物等坚硬的物体反倒会显得更沉重。男人和女人穿着厚重大衣的背影,默默预告了他们即将开始承受什么。

翅膀

날개

她在这座城市的郊外看到那只蝴蝶。十一月的清晨，一只白色的蝴蝶收起翅膀躺在芦苇丛旁。夏天结束以后，便再也没有看到过蝴蝶了，它们是在哪里熬过这段时间的呢？上个星期突然开始降温，也许是因为翅膀反复被冻住又融化过几次，所以上面的白光消失了。某些部分几近透明，透过那部分甚至还能隐约看到地上的黑土。也许再过些时日，剩下的部分也会变得透明。翅膀不再是翅膀，蝴蝶也不再是蝴蝶了。

拳头 / 주먹

她漫步在这座城市的街道上，走得小腿的肌肉紧绷成一团，只为等待某种母语的文章或单词闪现于脑海。她心想，也许可以写一写雪。因为人们说，这座城市一年之中有一半的时间都在下雪。

直至寒冬降临，她执着地注视着一切。尚未被纷飞的白雪照亮的店铺的玻璃窗；尚未落满雪花的行人的头发；取代雪花掠过陌生的额头和眼睛的斜阳；以及自己那双越是紧握，越是冰冷、苍白的拳头。

雪 / 눈

鹅毛大雪落在黑色大衣的袖子上，用肉眼便可以看到特别大片的雪花。那神秘的正六角形一点点融化到消失不见，只需一两秒钟的时间。她想象着人们默默注视下雪时的片刻。

一旦下雪了，人们便会暂时停下手中正在做的事，望向飘雪。公交车上的人抬起头，望向窗外。当一片片雪花悄然无声地、不掺杂任何喜与悲地从天而降，当数以万计的雪花在顷刻间把街道染成白色时，人们将转过头去，收回视线。

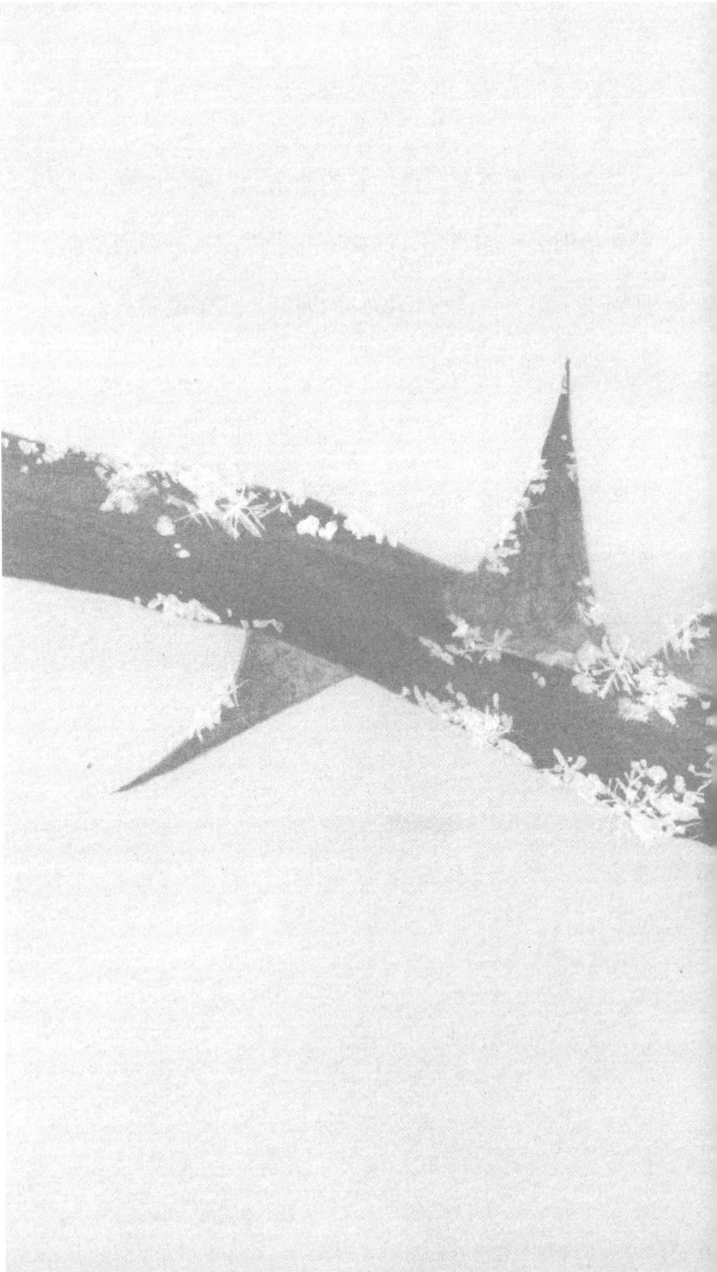

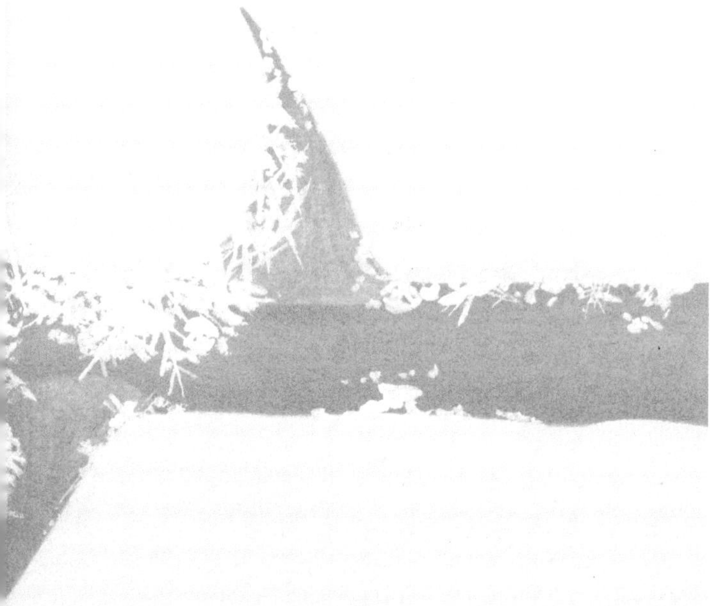

雪花 / 눈송이들

很久以前的某个深夜,她看到一个陌生男人侧卧在电线杆下。他是晕倒了,还是喝醉了?要不要叫救护车呢?就在她满怀戒备地看着男人时,男人起身坐了起来,愣愣地仰望着她。她吓得后退了几步。虽然男人看起来不像是野蛮人,但深夜的小巷杳无人迹,过于安静。她背对着男人一路小跑,然后突然停下脚步回过头,只见男人依然瘫坐在冰冷的地上,凝望着小巷对面脏兮兮的灰墙。

*

那人稀里糊涂地摔了一跤,他用冻僵的手撑着地面站起身来。当他意识到自己浪费了人生,并且察觉到他×的不想回到那个孤独到可怕的家时,当他思考这到底是怎么一回事时,竟然下起了白得该死的雪。

*

稀疏的雪花纷飞着,

纷飞在街灯触不可及的黑夜中,

纷飞在无言的黑色树枝上,

纷飞在垂头前行的路人的头顶上。

当一片片雪花悄然无声地、
不掺杂任何喜与悲地
从天而降,
当数以万计的雪花
在顷刻间把街道染成白色时,
人们将转过头去,
收回视线。

万年雪 / 만년설

她曾经想过有朝一日要住进能看到万年雪的房子。当窗前的树木在春去秋来的过程中蜕变时，远山始终可以看到结冰。那冰就像小时候她得了感冒时，大人们轮流放在她额头上的冰冷的手。

她看了一部一九八〇年摄于当地的黑白电影。男主角在七岁时失去了父亲，之后被性格安静的母亲抚养长大（年仅二十九岁的父亲在和同事一起攀登喜马拉雅山时不幸罹难，未能找回遗体）。成年后离开母亲的男主角在生活中恪守着近似洁癖般的道德观。也许这是因为下雪时喜马拉雅山的震撼绝景遮住了他的双眼，以至于每当遇到选择的时刻，他都会做出旁人无法轻易做出的决定，然后不断地经历各种艰难困苦。在腐败蔓延的时代氛围中，他因不肯接受贿赂而遭到同事排挤，甚至还被处以私刑。他最终落入圈套，被赶出了职场。当他回到独居的房间陷入沉思时，远处雪山的溪谷和山峰占据了他的视野。那是他无法抵达的地方，是掩埋着父亲冻僵的身体、不允许人类踏入的冰雪之地。

海浪
/
파도

远处的水面掀起滚滚海浪。冬天的大海从那里来，气势磅礴地渐渐由远逼近。当浪峰抵达最高点时，白色的浪花四溅开来。海浪涌上沙滩后，又退了回去。

她站在陆地与大海相遇的交界处，注视着仿佛可以无限重复的波浪动向（但其实这并不是永恒的——因为不管是地球，还是太阳系，总有一天都会消失）。那时，她切身感悟到，我们拥有的不过是转瞬即逝的人生罢了。

浪花四溅的瞬间，海浪也白得耀眼。远处大海平静的浪纹犹如无数条鱼儿的鱼鳞。那里有数不胜数的闪烁、数不胜数的翻滚（但所有的一切都不是永恒的）。

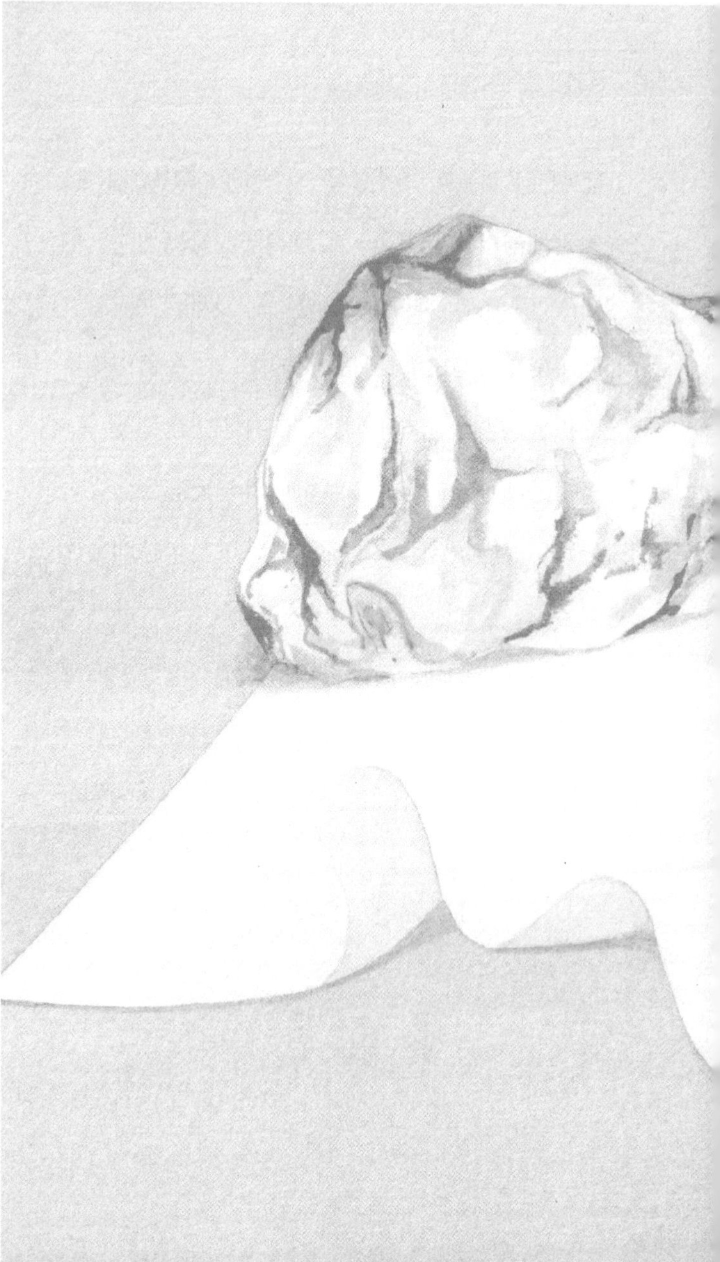

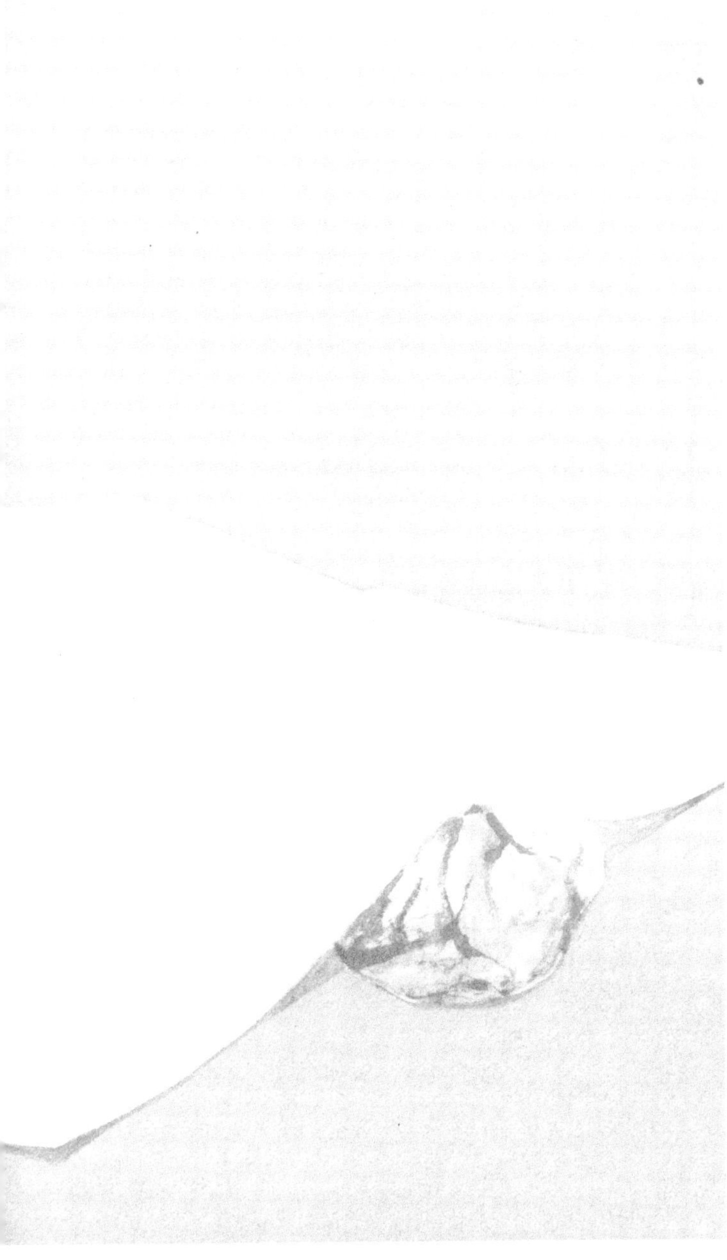

雨夾雪 / 진눈깨비

走在路上，当我体会到生活对任何人都并不特别友善时，下起了雨夹雪。雨夹雪渐渐浸湿了额头、眉毛和脸颊；当我想到所有的事情都会过去时、当明知竭尽所能紧握的一切终究会消失时，下起了雨夹雪。那既不是雨，也不是雪；既不是冰，也不是水。无论睁眼，还是闭眼；无论驻足，还是加快脚步，雨夹雪都会浸湿眉毛和额头。

白狗

흰 개

不会叫的狗猜猜是什么？

她在小时候初次听到这个谜语，但现在已经不记得是什么时候，从哪里听来的了。

二十五岁那年夏天，她辞去第一份工作返回老家时，看到邻居家院子里养了一条白狗。在此之前，住在那院子里的是一条凶猛的土佐犬。那家伙狂吠时，总是会把狗链扯到极限地往前扑，仿佛那条链子松开或断掉的话，它就会立刻扑上来咬人。她明知道那条狗被拴着，但还是被那股杀气吓到了，所以路过时都会尽量离大门远远的。

如今，那户人家院子里拴着的不再是土佐犬，而是一条略微混有珍岛犬血统的杂种狗。狗的白毛毫无光泽，身上多处脱毛，露出硬币大小的淡粉色皮肤。那条狗不吠也不叫，最初看到她时，不仅瑟瑟发抖，还把拴在自己脖子上的铁链拖在水泥地上一直往后退。当时正值烈日炎炎的八月，也许是因为酷暑，村里的小巷里杳无人迹。每当那条狗瑟瑟发抖，不停地往后退时，铁链的声音便会打破寂静。狗的两只眼睛默默地仰视着她，她每动一下，狗就会抖得更厉害，然后把身体压得更低，伴随着铁链咣啷作响的声音一直往后退去。狗的视线始终没有离开过她的脸。恐惧，她从狗的眼睛里看到了恐惧。

晚上，她问起那条狗时，母亲回答说：

那条狗谁来都不叫，就只会一个劲地发抖，所以主人打算把它卖掉。就算小偷来了，它肯定还是那副模样。

那条狗一直都很怕她。一个星期过去了，也该熟悉她了，但直到最后一天，那条狗看到她时，还是压低身体往后退。它就像被人踹了或是勒紧脖子般地扭动着身体和脖子，像是在喘气，却听不到呼吸声，传来的只有铁链拖在地上发出的低沉响声。那条狗就连看到已经熟悉了几个月的母亲也会吓得往后退。"乖，没事的。"母亲一边低声安抚它，一边下意识地越过她走上前去。母亲咂着嘴喃喃地说……看来它这是长期遭人虐待过。

不会叫的狗猜猜是什么?

这个谜语无趣的答案是雾＊。

就这样,她给那条狗取名为雾。白色的、大大的、不叫的狗。那条狗就像她遥远记忆中印象模糊的白狗。

那年冬天,她回老家时,雾已经不见了。一条被铁链拴着的小型棕色斗牛犬冲着她叫个不停。

那条狗去哪儿了?

母亲摇了摇头。

主人想卖,但于心不忍,夏天就那么过去了。下霜以后,天气突然转凉的时候,它就死了。它一声不响地趴在那里……饿了三天还是四天,什么也没吃就病死了。

＊
韩文"안개"(雾)中的"개"为狗的意思。

暴风雪 / 눈보라

那是几年前发布大雪警报的时候。当时，她正走在首尔风雪交加的上坡路上。虽然撑了伞，却无济于事，风大得连眼睛都快睁不开了。她顶着猛烈吹打在脸和身上的雪花，继续前行着。她无从得知，这到底是什么？这冰冷的仇敌般的东西是什么？同时，这脆弱、瞬间消失且绝对美好的东西是什么？

骨灰 / 재

那年冬天,她和弟弟一起坐了六个小时的车前往南部的海滨。他们将装有母亲骨灰的骨灰盒安奉在灵骨塔,将灵魂安奉在了可以看到远处大海的小寺庙里。每天清晨僧侣都会为母亲唱名诵经。佛诞日之时,还会为母亲制作、点燃灵驾灯。在那光亮和声音的近处,母亲的骨灰将永远地安放在石制的抽屉里。

盐 / 소금

某一天，她仔细端详起一把粗盐，那些凹凸不平的粒子呈现的朦胧阴影渲染出一种凄凉的美感。她切实感受到，这种物质存在着防止东西腐败、消毒和治愈的力量。

之前，她曾用割伤的手抓过盐。如果说因为赶时间煮饭割伤了手指是第一个失误，那么第二个失误就是用没有包扎伤口的手指去抓盐。那时，她彻底体会到了"在伤口上撒盐"这几个字是什么感觉。

不久后，她看到一张装置艺术作品的照片。照片里有一座用盐堆起的小山丘，游客坐在准备好的椅子上，脱下鞋和袜子以后，可以赤脚踩在盐丘上。游客随心所欲，想坐多久都可以。照片里的展厅很暗，光线只打在比人略高的盐丘顶部。由于背光，看不清游客的脸，只能看到有人赤脚踩在斜坡上。不知坐了多久，白色的盐堆和女人的身体自然而然地（奇异地、疼痛地）联结成了一体。

她仔细看着那张照片，心想，如果是这样，那脚上应该没有伤口吧？只有伤口彻底愈合的双脚才能踩在上面。那座盐丘无论发出多耀眼的白光，影子都是凄凉的。

那些凹凸不平的粒子
呈现的朦胧阴影
渲染出一种凄凉的美感。
她切实感受到,这种物质
存在着防止东西腐败、
消毒和治愈的力量。

月亮 / 달

月亮躲进云后的瞬间，云突然发出白冷的光。若乌云参半时，还会微妙地形成昏暗且美丽的纹路。在那暗灰色、淡紫色或淡蓝色的纹路背后，隐藏着圆月、半月、比半月更修长的，或如丝般纤细的苍白月亮。

每当看到满月时，她就会看到人的脸。小时候，无论大人怎么讲解，她始终看不出哪里有两只兔子，哪里有石臼。她只能看到恰似定神凝思的人的双眼和鼻子的阴影。

月亮特别大的夜晚，如果没有拉上窗帘，月光便会渗入公寓的每一个角落。她踱步在那张巨大的凝思的脸溢出的光芒里，走在那巨大的黑溜溜的双眼渗出的黑暗中。

蕾丝窗帘

레이스 커튼

她走在冰天雪地的大街上，抬头看向某栋建筑的二楼，编织的蕾丝窗帘遮住了窗户。难道是因为某种不被玷污的白在我们的内心深处摇摆不定，所以每当看到那种洁净时，才会感到心动吗？

有时会觉得，新洗好晒干后的白色枕套和被套仿佛在诉说着什么。当枕套和被套碰触到她的肌肤时，纯棉的白布就像在对她说：你是珍贵的人，你的睡眠是纯净的，你活着并非一件惭愧的事。在梦境与现实之间，当那沙沙作响的纯棉床单碰触到肌肤时，她便会感到一种莫名的安慰。

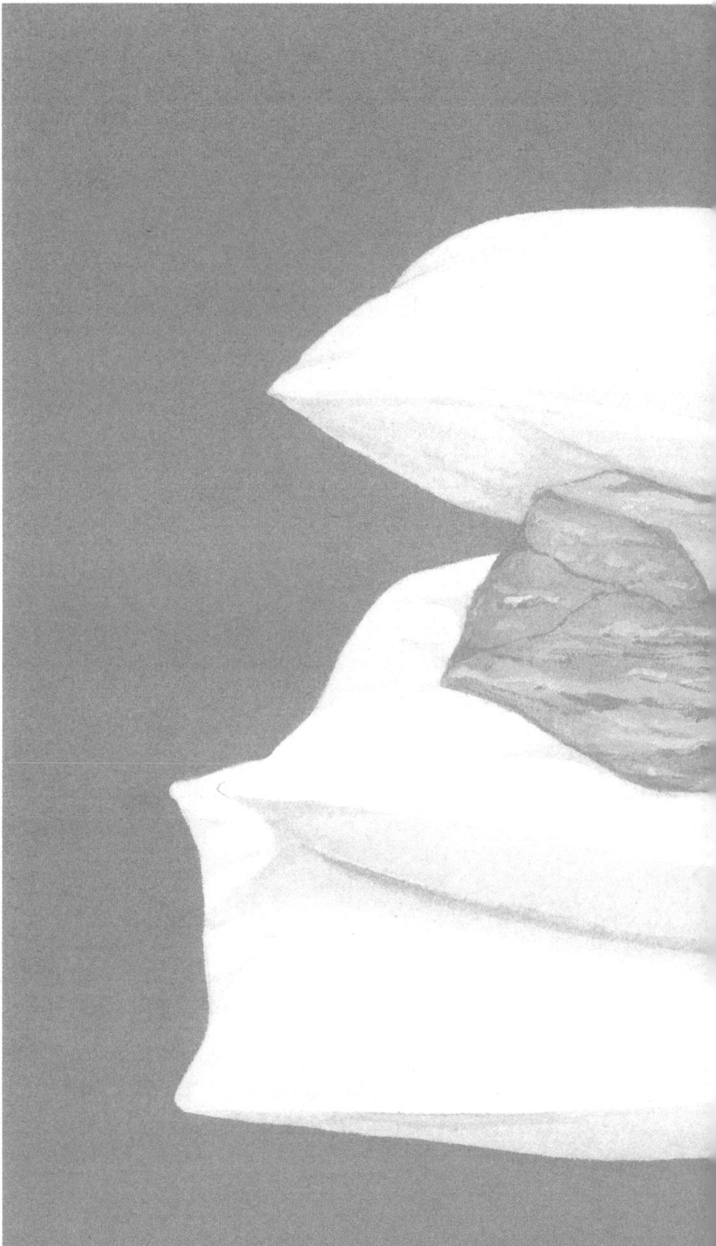

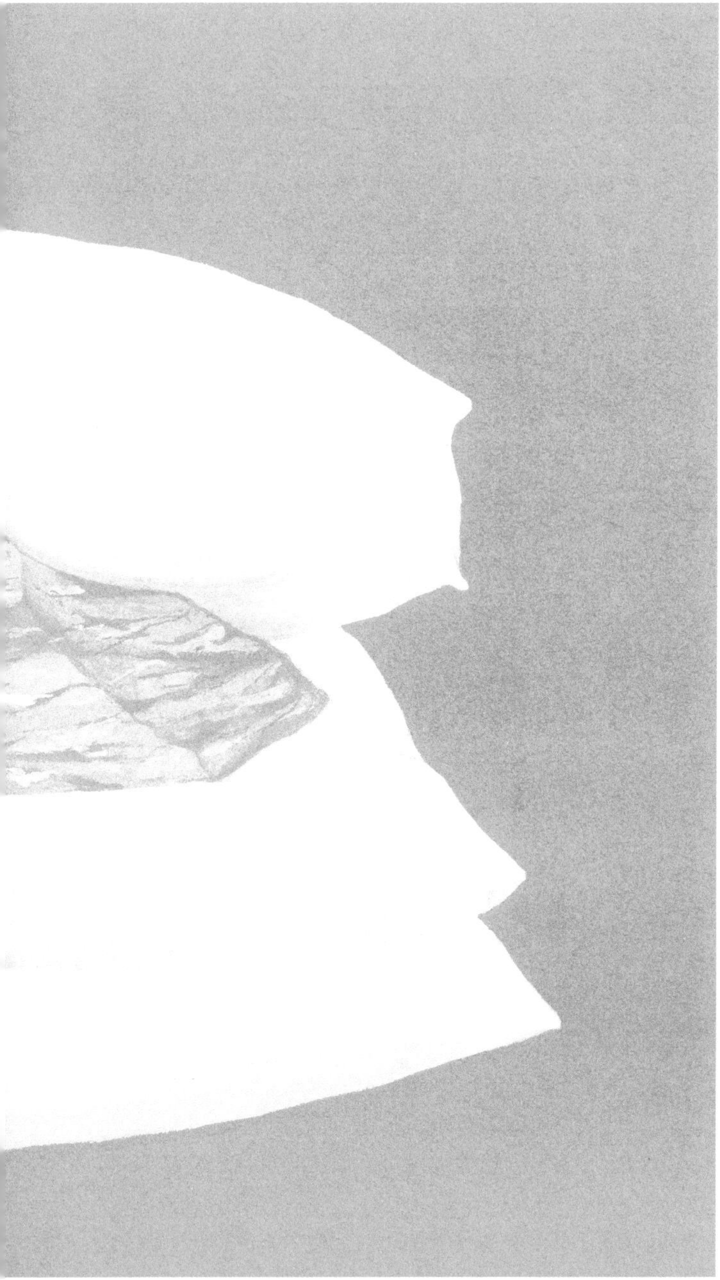

哈气

입김

某个天气转凉的早上，我呼出了白色的水汽。那是我们活着的证据，是我们的身体保有温度的证据。冷空气涌入漆黑的肺部，经由体温加热后呼出白色的水汽。我们的生命，是一种以虚白且清晰的形态散布于虚空的奇迹。

白鳥 / 흰 새들

冬日海边的沙滩上，聚集了一群白色的海鸥，大概有二十只吧。鸟儿们面向渐渐朝水平线西斜而下的太阳席地而坐，它们一动不动地，就像举行着某种沉默的仪式一样在零下二十摄氏度的寒冷中观赏日落。她也停下脚步，望向它们目光所及之处（即将变红之前的苍白光源）。虽然冷得仿佛骨髓就快要冻结了，但她知道多亏有了那道光——那股热气，身体才没有冻僵。

*

夏天，她走在首尔的溪边，看到了一只白鹤。白鹤全身雪白，只有脚是鲜红色的。它落在一块光秃秃的大岩石上，正在晒干自己的两只脚。白鹤是否察觉到她正看着自己呢？也许有所察觉。但它知道她不会伤害自己，所以才会漫不经心地望着对岸，在阳光下晒着那两只红色的脚。

*

她不清楚为什么白色的鸟会带来与其他颜色的鸟不同的感动,为什么自己会觉得白色的鸟特别美丽、气质不凡,有时甚至还会觉得它们很神圣。她不时还会梦到白鸟飞走。在梦中,白鸟近在咫尺、触手可及,它的羽毛在阳光下闪闪发光,随后便悄然无声地飞走了。但无论它飞得多远,始终都没有从她的视野中消失。它扇动着耀眼的翅膀高飞,一直翱翔在空中,永远不会消失。

*

在这座城市,曾有一只白鸟落在她头顶,又立刻飞走了。她要如何接受这件事呢?那天,她正忧心忡忡地迈着沉重的脚步沿着公园溪边的堤坝往家走,突然一个庞然大物轻轻地落在她头顶,一对翅膀从两侧垂下来，几乎可以包裹住她的脸颊了。但接下来那只鸟就像什么事也没发生似的，扑腾着翅膀飞到了附近建筑的屋顶上。

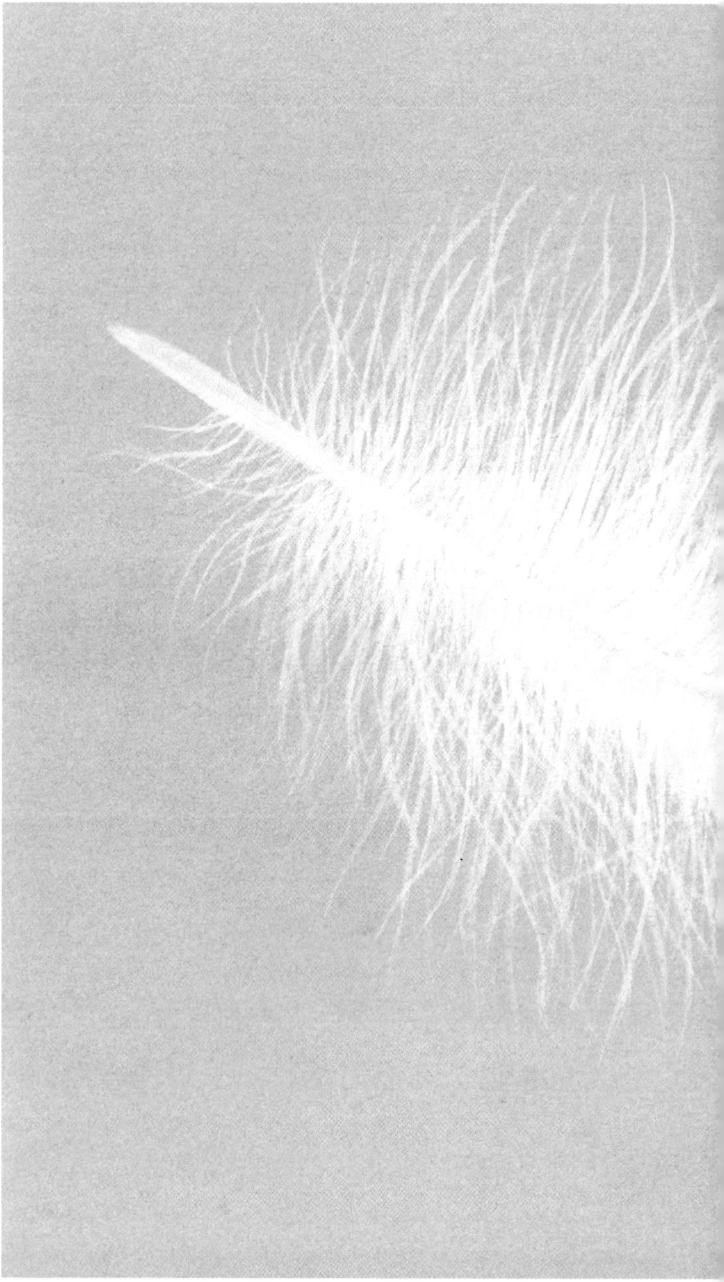

手帕 / 손수건

夏末的午后,她走在僻静的住宅区里,看到一个在三楼阳台晒衣服的女人不小心弄掉了一部分刚洗好的衣物。只见一条手帕就像一只折叠起半边翅膀的鸟,像踌躇地寻找归处的灵魂一样,以最缓慢的速度飘然落下。

银
河

은
하
수

自从入冬以来，这座城市几乎每天都是阴天，所以她再也看不到夜空中的星星了。气温降至零摄氏度以下之后，天气变得反复无常，不是今天下雨，就是明天下雪。受低气压的影响，她常常感到头痛。鸟儿也飞得非常低。太阳从下午三点开始西下，到了四点周围已经一片漆黑。

她走在路上，仰望午后的天空，天黑得如同祖国子夜时分的夜空，这让她想起了星云。乡下老家的夜晚，可以看到数以万计的星星如同盐粒般倾泻而下。那皎洁的光芒可以瞬间净化双目，抹去所有的记忆。

粲然一笑 / 하얗게 웃는다

粲然一笑这种表达(也许)只存在于她的母语之中。茫然、凄凉、轻易破灭的纯真笑脸，或是那种笑意。

你粲然一笑。

如果有人这样形容，那就表示你是那种肯默默承受，且努力让自己笑出来的人。

他粲然一笑。

如果有人这样形容，那（也许）表示他是那种在努力与自己内心的某一部分诀别的人。

白木兰 / 백목련

二十五岁和二十四岁的两个大学同学在同一个时期走了,他们分别死于公交车翻车事故和军队事故。隔年早春,同届的毕业生们募款筹集基金,在从上文学课的教室窗口可以俯瞰的山坡上种了两棵白木兰的树苗。

多年以后,当她经过那两棵生长——重生——复活的白木兰时,不禁陷入沉思,为什么我们当年偏偏选了白木兰呢?白色的花朵与生命有所联结吗?还是说与死亡有关呢?她在书中看到,拉丁语系中的空白blank、白光blanc、黑色black和火花flame都属于相同的词源。环抱黑暗燃烧的白色火花,可以看作那两棵在三月短暂盛开的白木兰吗?

药
糖

당의정

她有时会像好奇别人的人生那样，不带任何怜悯地对自己的人生产生好奇。从小吃过的药片加在一起会有多少颗呢？生病的时间加在一起会有多久呢？她总是生病，仿佛人生不希望她前进一样，在体内注入了一股阻止她朝光明前进的力量。每当那时，她就会犹豫不决，而这种迷惘的时间加在一起会有多久呢？

方糖

각설탕

十岁那年，她跟小姑第一次去咖啡厅的时候，初次见到方糖。白纸包裹着的正方体有棱有角，极致完美，这让她觉得自己似乎不配拥有这种东西。她小心翼翼地撕开包装纸，轻轻地触摸了一下方糖的表面，接着弄碎一小块边角，伸舌头舔了舔那甜甜的表面，最后观察了方糖放入杯中融化的整个过程。

虽然她现在并不特别喜欢吃甜食了，但偶尔看到堆满方糖的盘子时，还是会有种如获至宝的感觉。有些记忆不会因为时间而损伤，痛苦也是如此。时间会影响、毁掉一切的说法，并不是真的。

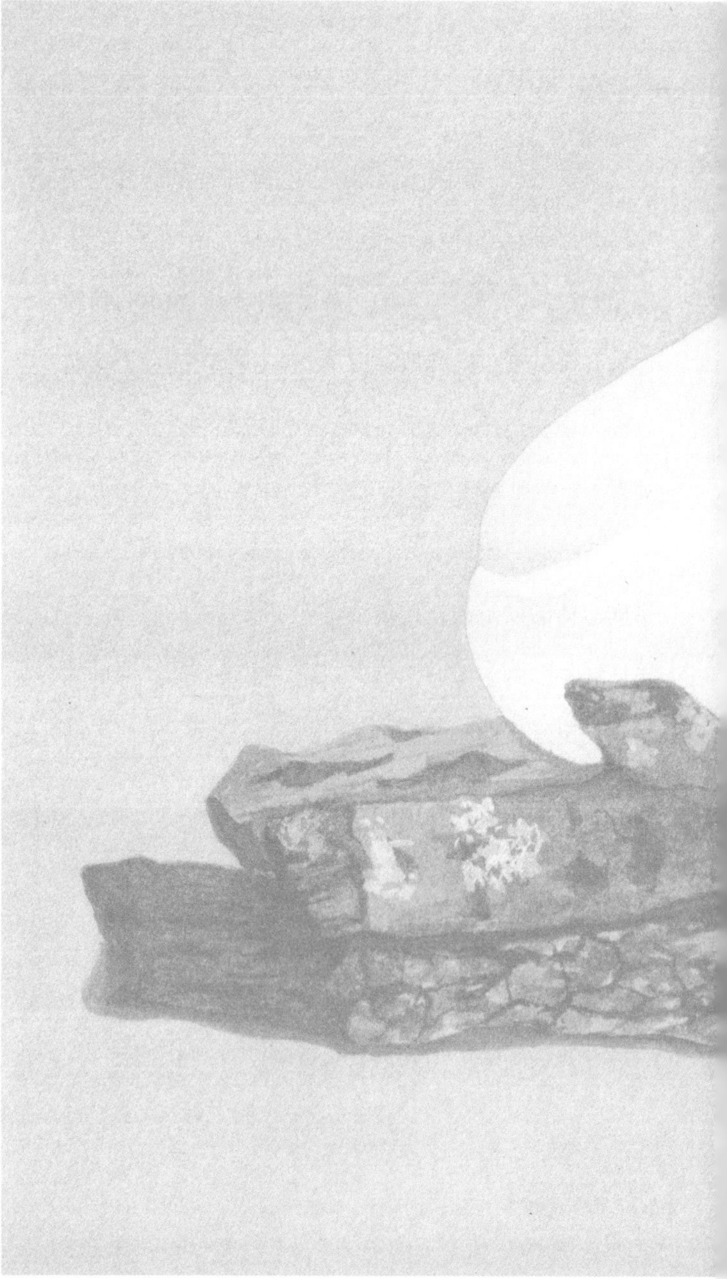

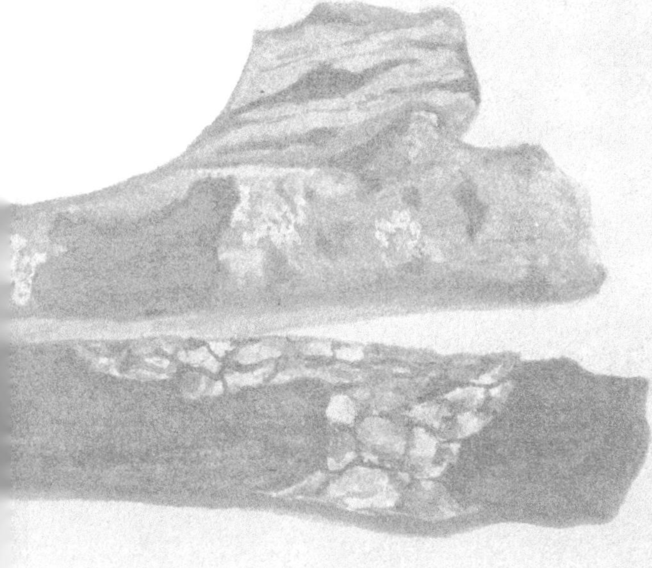

灯光 / 불빛들

在这座冬天尤为残酷的城市里，她正在通过十二月的夜晚。窗外没有月亮，漆黑一片。不知道公寓后方的小工厂是否出于安保需要，彻夜亮着十几盏电灯。她望着那些电灯在伸手不见五指的黑暗中，制造出的稀稀疏疏的、孤立的光点。自从来到这里，不，其实早在来到这里以前，她就一直无法沉睡。现在就算打个盹起来，窗外也还是漆黑一片。若侥幸多睡一会儿起来的话，便可以看到凌晨淡青色的光从黑暗深处徐徐地沁出来。即便如此，那些灯光也依然苍白地凝冻在清晰的寂静和孤立之中。

数以千计的银光点 / 수천 개의 은빛 점

在那样的夜晚，她会毫无缘由地想起那片大海。

由于船体很小，稍有波浪，船都会剧烈地摇晃。九岁的她害怕地蜷缩着肩膀，压低头和前胸，快要匍匐在地了。就在那一瞬间，数以千计的银光点从远海涌来，一闪而过。她当下忘记了害怕，出神地眺望着那些气势汹涌的银光点移动的方向。

"鲲鱼群游走了。"

坐在船尾的叔叔漫不经心地笑着说道。叔叔的脸晒得黝黑，一头鬈发总是乱蓬蓬的。两年后，不到四十岁的叔叔便因酒精中毒去世了。

閃光 / 반짝임

人们为什么把金、银、钻石等闪闪发光的矿物视为珍贵之物呢？据说这是因为闪光的水对古人而言意味着生命。闪光的水即干净的水，唯有能够饮用的（给予生命的）水才是透明的。一群迷失在沙漠、森林或脏兮兮的沼泽地的人，当他们发现远处闪着白光的水面时，一定会感受到特别的喜悦，感受到生命，感受到美好。

白石 / 흰 돌

很久以前,她在海边捡到一块白色的鹅卵石。她拂去上面的沙子,揣进裤子口袋,回到家后把它放在了抽屉里。那是一块被海浪磨得又圆又光滑的石头。虽然她觉得那块石头白得可以看到里面,但实际上它并没有白到透明的程度(其实,那只是一块普通的白色石头)。她偶尔会把石头拿出来放在掌心,心想若能把沉默凝缩成最小的坚硬物体的话,那应该就是这种触感了。

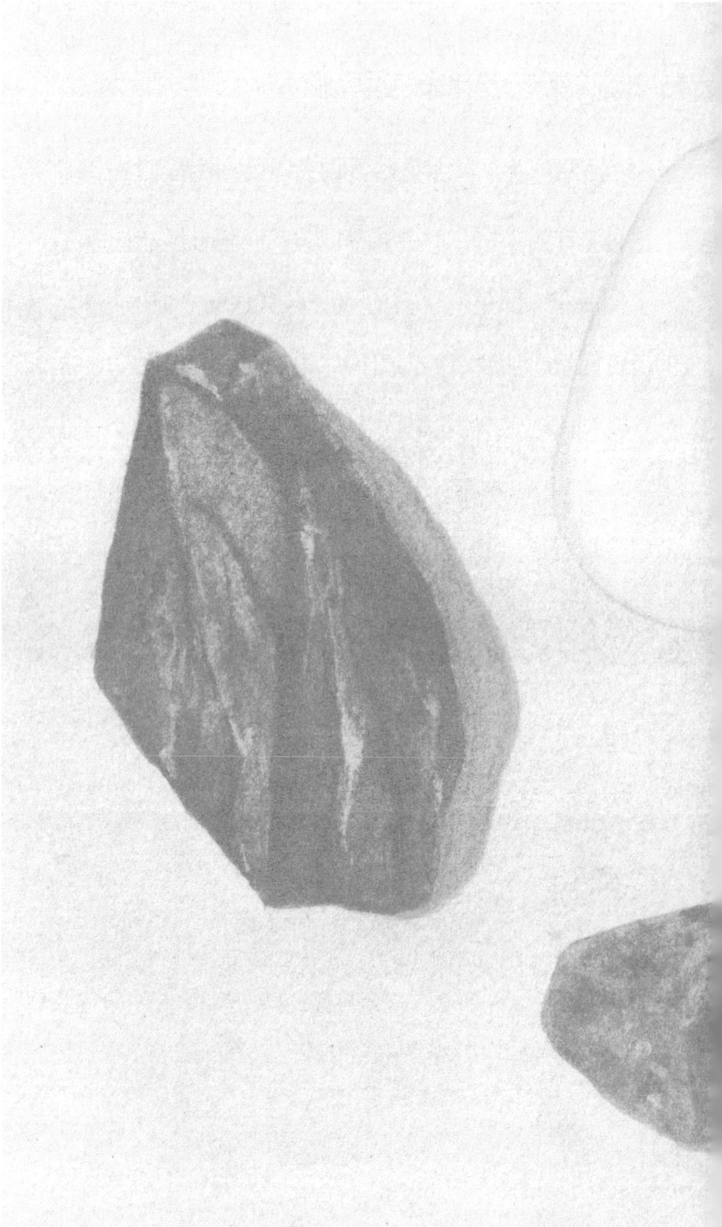

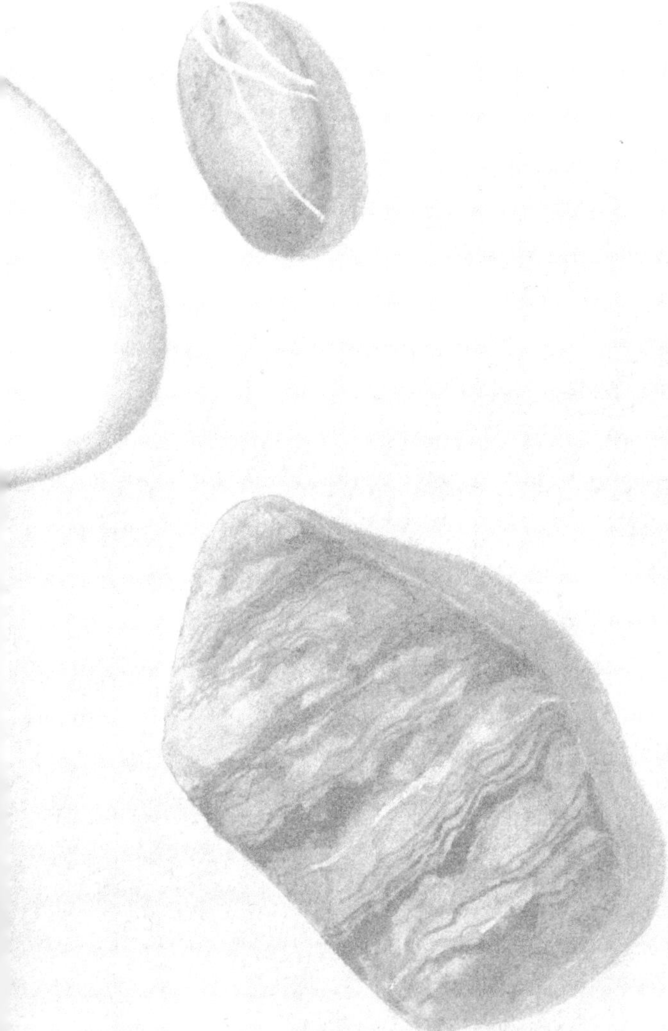

白骨 / 흰 뼈

因为痛症,她拍过一次全身 X 光。一具白色的骷髅出现在如同青灰色海底般的 X 光照片之中。令她感到惊讶的是,体内存在着如同石头物性般的坚固物体支撑着自己。

在更早以前,刚步入青春期时,她曾被骨骼的各种名称所吸引。踝骨、膝盖骨、锁骨、肋骨、胸骨和肩胛骨。面对人类不是只由脂肪和肌肉组成的事实,她莫名感到很庆幸。

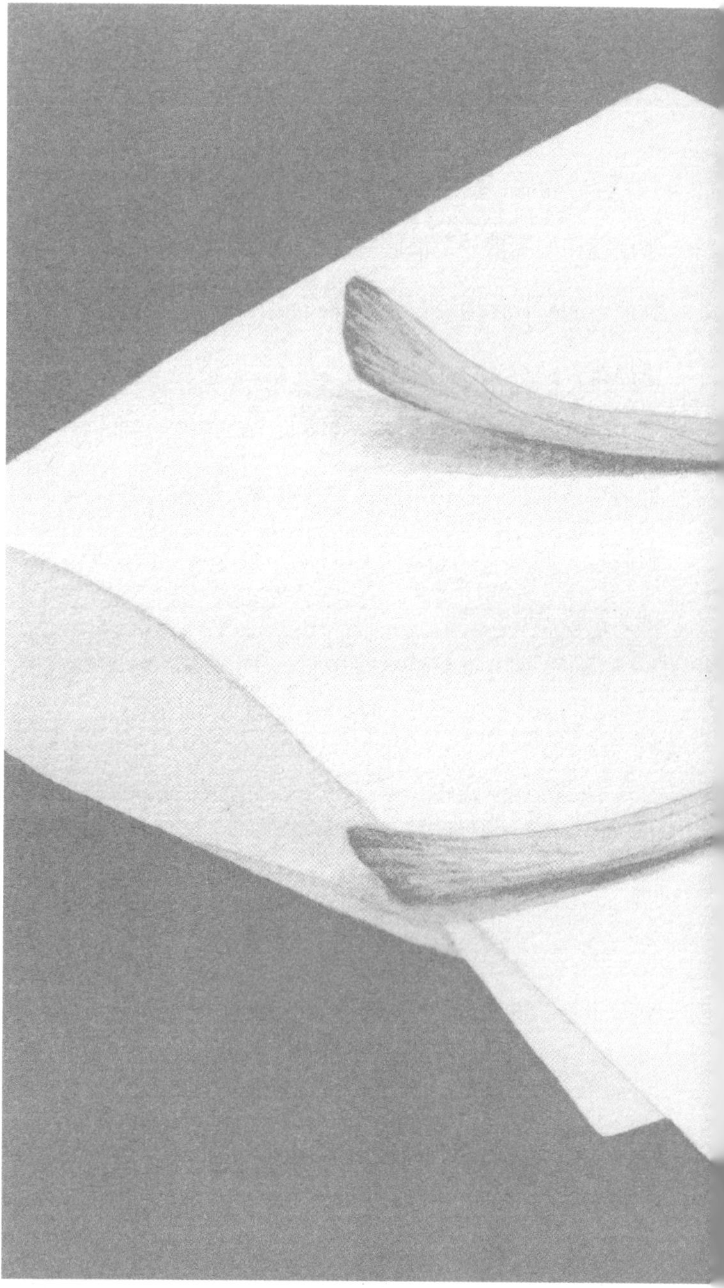

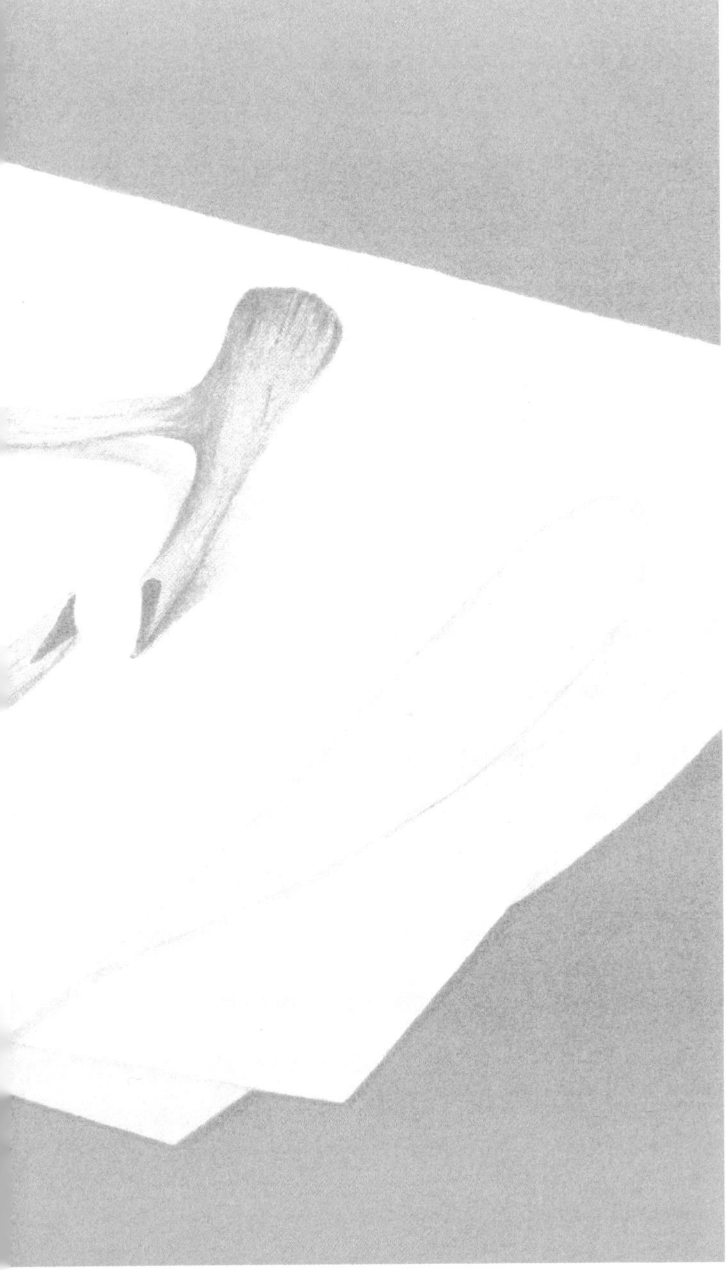

沙子

모래

她常常忘记，

自己的身体(我们所有人的身体)不过是沙上楼阁。

过去易碎易毁，现在也是一样。

它正不断地从指缝间溜走。

白发 / 백발

她记得一位职场上司说，希望可以在头发像鸟的羽毛一样全白以后，跟昔日的旧情人见上一面。在彻底变老后……满头白发，连一根黑头发也不剩的时候见上一面

如果想见那个人，
一定要在青春和体魄已逝之时；
在渴望的时间所剩无几之时；
见面之后,由于风烛残年,只剩下彻底的诀别之时。

白云 / 구름

那年夏天，我们看到云朵从云住寺前的原野飘过。当时，我们正蹲坐在那里，望着平整的岩石表面阴刻的佛像，只见一朵巨大的白云和它黑色的影子以极快的速度从远方的天空和地面并行飘过。

白炽灯 / 백열전구

此时她的书桌整理得干干净净，白炽灯泡正摆在左边的灯罩里发光发热。

寂静。

透过没有拉下百叶窗的窗户，可以看到驰骋在午夜过后冷清的马路上的汽车前灯。

她就像从未经历过痛苦的人一样坐在书桌前。

就像刚刚没有哭泣过，或是就快哭出来的人一样；

就像从未支离破碎过的人一样；

就像无法拥有永恒的醒悟，从没给她带来过安慰一样。

白夜

백야

她来到这里后听闻，在挪威最北端有一个有人居住的小岛，那里夏天二十四小时是白天，冬天二十四小时是黑夜。她认真思考，人们在那种极端的环境下是如何生活的。此时，在这座城市，她所通过的时间是那样的白夜，还是黑昼呢？旧的痛苦尚未全部化解，而新的痛苦也没有完全展开。过去的那些记忆摇曳着难以称为彻底的光亮或黑暗的每一天，无法回想的只有未来的记忆。此时此刻，在她面前晃动着无形的光，和充斥着她不知道的元素的气体。

光之岛 / 빛의 섬

她站上舞台的瞬间，强烈的灯光从天花板上打下来，照在她身上。除了舞台以外的所有空间，转瞬变成一片黑海。她因无法切实感受台下坐了哪些人而陷入混乱，是该摸索着走入那如同海底般的黑暗，还是在这光之岛上继续坚持下去呢？

薄纸的白色反面 / 얇은 종이의 하얀 뒷면

每当她的身体康复时，都会对生活感到心灰意冷。把这种感情视为埋怨，未免太过无力；但称为怨恨，又略显狠毒。那种心情就好比每晚为她盖上被子，亲吻她额头的人再度把她赶出了那个冰冷的家，让她再次刻骨铭心地体会那颗冷漠无情的心。

每当她照镜子看到自己的脸时，都会感到很陌生。

因为她没有忘记，那如同薄纸的白色反面般的死亡，正执着地摇曳在那张脸的背后。

就像无法不计前嫌地去爱抛弃过自己的人一样，她需要一个漫长且复杂的过程才能重新爱上生活。

因为总有一天你会抛弃我，
在我最脆弱、最需要帮助的时候，
你会无情地转身弃我而去。
我清楚地知道，
一切都无法回到我知晓这一切以前了。

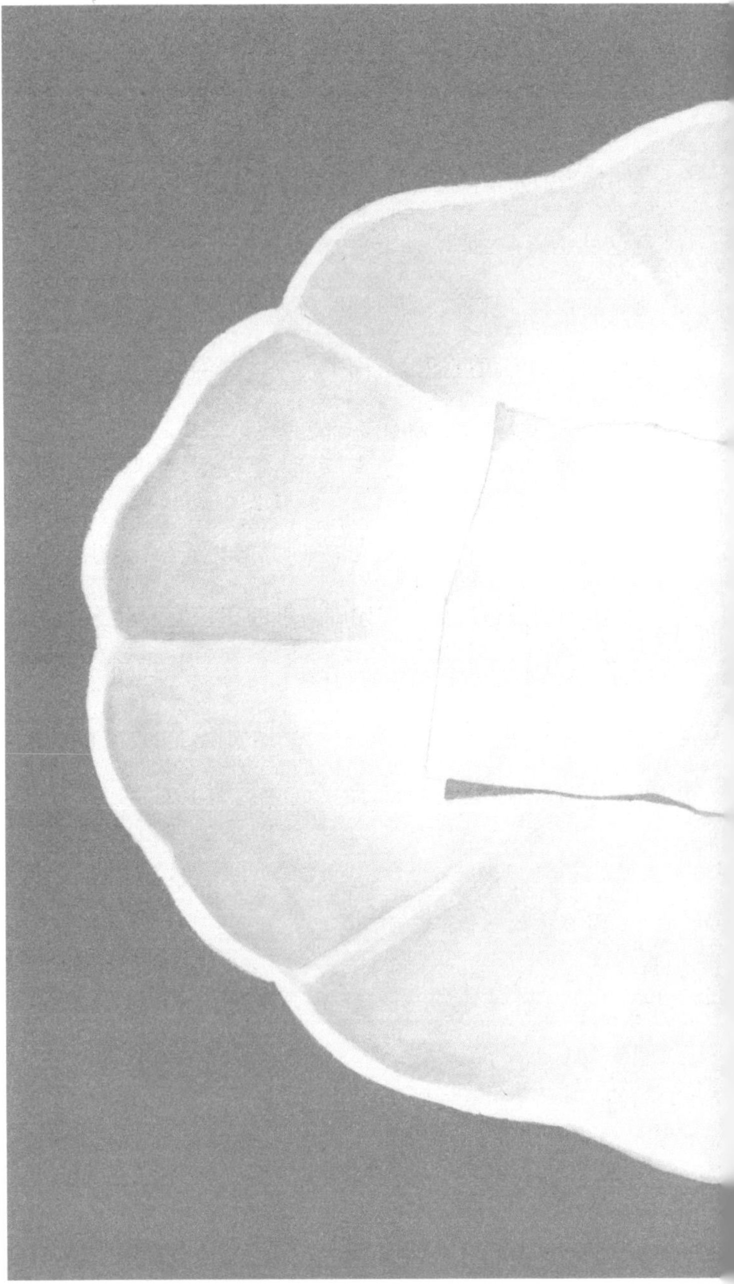

纷飞 / 흩날린다

日落前，下了一场饱含水汽的雪。雪刚落在地上便化了，这场雪会像阵雨一样很快就过去。

灰蒙蒙的老城区转瞬间变得干干净净。行人们带着各自过往的时间走进突然变得不现实的空间里，她也没有停下脚步，一直往前走着，无声地走过那转瞬即逝（正在消失）的美好。

致寂静 / 고요에게

当她要离开这个地方的日子临近时,

想必会有话想对这所房子,对即将被打破的黑暗的寂静说。

仿佛永无尽头的黑夜将尽,

当深蓝色的微光从位于东北方没有窗帘的窗户照进来时,

当背对藏青色天空的白杨树徐徐地显露出干净的骨骼时,

在房客们还没有出门的星期天凌晨,她想到了要对凌晨的寂静讲的话。

请再多停留一下,

我还没有彻底得到净化.

界限 / 경계

她在这个故事里成长。

她出生时，是一个只有七个月大的早产儿。那天，突然结了初霜。二十三岁的母亲在没有任何准备的情况下开始阵痛。当时，家里只有母亲一个人。刚出生的她发出微弱的声音哭了几声，随即安静下来。母亲把婴儿服穿在那沾有血迹的小身体上，小心翼翼地用棉被包裹住身体，只露出了她的脸。母亲把尚没有奶水的乳头送进她嘴里，孩子本能地轻轻吸吮了几下便放弃了。平放在炕头的孩子没有哭，也没有再睁开眼睛。每当产生不祥的预感时，母亲就轻轻摇晃被子，孩子睁开眼睛，很快又缓缓地合上了。不知从何时起，无论母亲怎么摇晃，孩子都没有任何反应。破晓以前，母亲终于挤出了奶水。当她把奶头送进孩子的嘴里时，孩子奇迹般地有了呼吸。孩子在没有意识的状态下吸吮奶水，一点点地咽了下去。孩子仍闭着眼睛，在不知道自己穿越的界限意味着什么的情况下，又一点点地咽下了奶水。

芦
苇
林

갈
대
숲

她走进连夜被降雪覆盖的芦苇林,扫了一眼一株株又白又消瘦、歪歪斜斜地承受着雪的重量的芦苇。一对野鸭栖息在芦苇林环绕的小泥塘里,它们在薄冰与尚未结冰的灰青色水面的交界处并排垂头饮着水。

在转身走掉以前,她问自己。

还想再往前走吗?

那么做值得吗?

不值得。她曾经颤抖着给出过否定的回答。

此时此刻,她没有做任何回答,转身走出了那片介于凄凉与美丽之间的、冻结了一半的泥塘。

白蝴蝶 / 흰나비

如若人生不以直线延伸,她也许会在某一刻发现拐角处的自己,进而恍然彻悟到,在猛然回首间,即使无法看清过去所经历的一切,自己也已走进了新的局面。覆盖那条路的也许不是雪或霜,而是稚嫩且坚韧的春草。突然,一只展翅飞走的白蝴蝶吸引了她的视线。她不晓得自己追随着那颤抖且愁郁着的灵魂般的翅膀又走了多少步。也许她这才明白过来,周遭的树木或许是因被某种东西吸引而复苏过来,它们散发着令人窒息的陌生香气,为了变得更加茂盛地向上,向着虚空与光明的方向燃烧着。

灵
魂

넋

她一直相信，世上若存在灵魂，那么肉眼捕捉不到的动向应该就跟那只蝴蝶一样。

既然是这样，那这座城市的灵魂是否偶尔会飞到自己遭枪杀的墙前，无声地飘浮着，停留在那里呢？她知道，这座城市的人们在墙下点亮蜡烛、献上鲜花并不仅仅是为了悼念那些灵魂，人们相信惨遭屠杀不是耻辱，他们希望尽可能地延长哀悼的时间。

她回想起发生在自己祖国的事情，想到那些逝去的人没有得到真正的悼念，并思索着效仿此地，让那些灵魂在街道中央得到缅怀的可能性。她突然意识到，自己的祖国从未真正做到缅怀逝者这件事。

除此以外，她还了解到在重建自己的过程中遗漏了什么。当然，她的身躯还没有死去，灵魂尚凝聚在体内。她的灵魂就像在轰炸中没有被彻底摧毁的，之后被搬移至新建筑前的一部分砖墙（洗干净血迹的残骸），凝聚在了如今不再年轻的肉体里。

她模仿着不曾被摧毁的人的步调一路走到了这里。

干净的帐子遮挡住了每一个空位,省略了道别与哀悼。她相信,若相信不会被摧毁,便不会被摧毁。

因此,她还有几件事要做:

不再说谎。

(睁开眼睛)收起帐子。

为所有应该铭记的死亡与灵魂(包括她亲身经历的一切)点亮蜡烛。

她相信，
若相信不会被摧毁，
便不会被摧毁。

米和饭

쌀과 밥

她为了买晚上要吃的米和水,一直走在路上。在这座城市很难买到黏米。只有在大型超市才可以买到小塑胶袋包装的五百克西班牙米。买好米走回家的路上,放在她包里的米静静的。盛有刚煮好的饭的碗里还冒着热气,她像祈祷似的坐下来时,难以否认那瞬间感受到的某种感情。否认那种感情是不可能的。

第三章

所有的白

모든 흰

失去第一个女儿的翌年,母亲早产生下了第二个儿子。这个孩子比第一个孩子还要早产一个月,所以连眼睛都没睁开就死了。如果这些生命能够平安渡过难关,开启各自的人生,那三年后出生的我和又相隔四年出生的弟弟就不会来到这个世界了。如果是那样,母亲也不会直到临终前还翻出那些琐碎的记忆来抚摸。

若你还活着,那现在我就不应该活在这世上。

现在我活着的话,那你就不会存在。

我们只能勉强地在那黑暗与光明之间、在那淡蓝色的缝隙之间四目相对。

你的眼睛 / 당신의 눈

我透过你的眼睛观察时,看到了不同的景象;我用你的身体行走时,走出了不同的路。我想让你看到干净的东西,比起残忍、难过、绝望、肮脏和痛苦,我只想让你先看到干净的东西。但总是事与愿违。我就像在漆黑的镜子深处寻找形象般地凝视着你的眼睛。

母亲经常对成长中的我说,如果当时不是住在偏远的地方,而是住在城里;如果能被救护车送往医院;如果能立刻把那个半月糕一样的孩子放进刚引进的保育箱。

若你没有停止呼吸,从而取代后来没有出生的我坚持活下来;若你以自己的眼睛和身体,背对黑暗的镜子用力走向前。

寿衣 / 수의

怎么安置那个孩子了？

二十岁那年的某个晚上，我第一次问父亲时，还不到五十岁的父亲沉默片刻后回答说。

用一层又一层的白布包裹好，然后抱去山里埋了。

自己一个人吗？

嗯，自己。

孩子的婴儿服成了寿衣，褴褛成了棺材。

父亲走进卧室后，我本打算去喝水，但想想还是作罢了。我舒展了一下蜷缩得僵硬的肩膀，按着心口深吸了一口气。

姐姐 / 언니

小时候，我有想过如果有一个姐姐，一个比我高一拃的姐姐，一个会把略微起了毛球的毛衣和稍微有划痕的漆皮短靴留给我的姐姐。

母亲生病时，会披着外套去药店的姐姐；会把食指放在嘴唇上，责备我"嘘，走路轻一点"的姐姐；在我的数学练习册空白处写下方程式，告诉我"这道题非常简单，不要想得太复杂"的姐姐，而我为了快点心算，眉头紧蹙。

让脚底扎了刺的我坐下来的姐姐。取来台灯，照亮我的脚边，然后用在瓦斯炉的火苗上消过毒的针小心翼翼地帮我挑刺的姐姐。

向蹲在黑暗中的我走来的姐姐。"别这样，你误会了。"短促且尴尬地拥抱我的姐姐。"起来，先吃饭。"掠过我的脸庞的冰冷的手，快速与我擦肩而过的姐姐的肩膀。

如同写在
白纸上的几句话

백지 위에 쓰는 몇 마디 말처럼

清晨刚刚覆盖了白雪的马路上,留下了我的黑色皮鞋脚印。

如同写在白纸上的几句话。

临行前还是夏天的首尔,现在已经入冬了。

回头看去,白雪又覆盖在了皮鞋的脚印上。

正在变白。

喪服 / 소복

即将举办婚礼的人们会送衣服给双方的父母,丝绸韩服送给生者,棉布丧服送给亡者。

弟弟打来电话问:"姐姐会陪我去吧,我一直在等你来。"

我把弟弟的未婚妻准备的白色棉布赤古里放在岩石上。在每早诵经后吟唱母亲名字的寺庙下方有一片草丛。我用弟弟递过来的打火机点燃袖子,一股淡蓝色的烟随即升起。人们说灵魂会穿上升上虚空的白衣。我们真的相信吗?

烟雾

연기

我们紧闭双唇目不转睛地注视着那如同翅膀般徐徐升起的灰烟沁入虚空，随后渐渐消失不见。刹那间，我看到火势从上衣烧到了裙子。当火烧到棉布裙子的尾端时，我想起了你。若你来的话，就趁现在吧。希望那升起的烟能像羽衣一样披在你的身上。我们的沉默取代言语沁入烟雾之中，希望你能像饮下苦涩的药和苦茶那样饮下它。

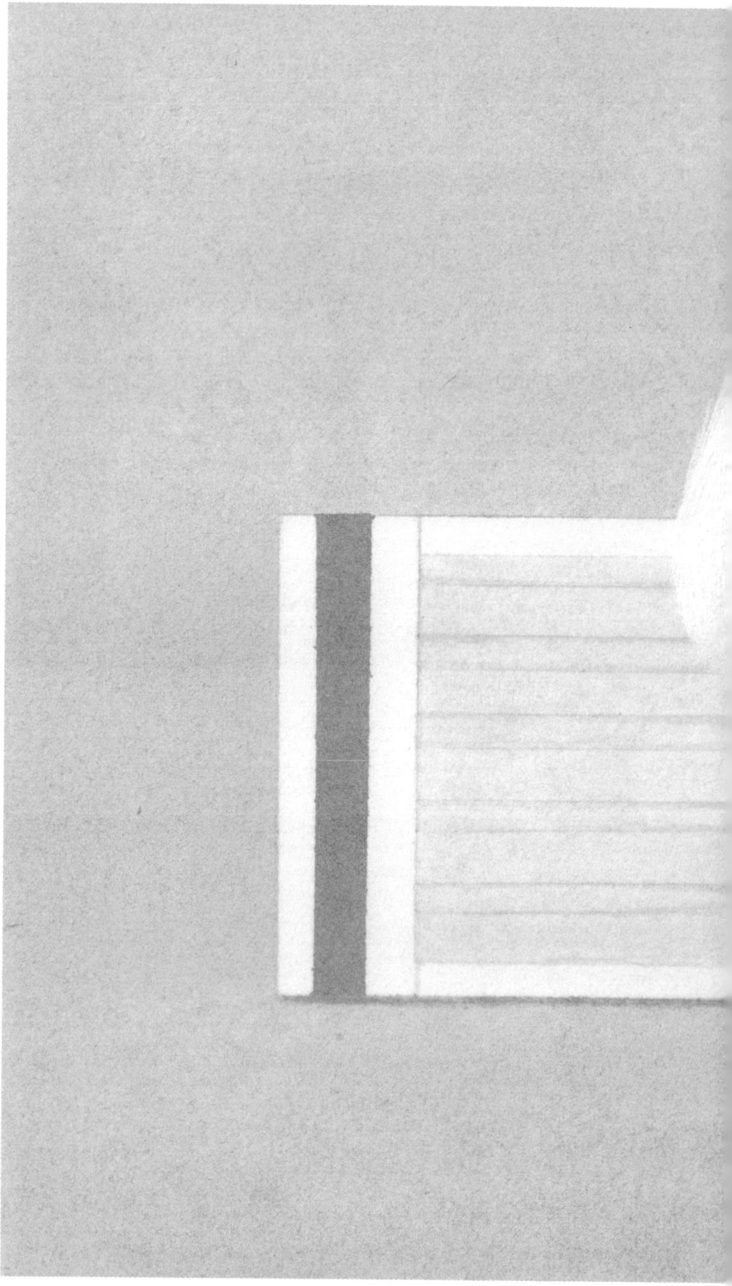

沉默

침묵

漫长的一天结束后,需要些时间保持沉默。就像在炉火前,下意识地把僵硬的手伸向沉默的、微弱的热气。

下齒 / 아랫니

"姐姐"这个词的发音很像小孩子的下齿。我的孩子柔嫩的牙龈上长出了两颗如同嫩叶般的小牙齿。

如今,我的孩子已经长大,不再是小孩子了。我把被子拉到已经十三岁的孩子的脖子下,侧耳倾听了一会儿那均匀平稳的呼吸声,然后回到空荡荡的书桌前。

告別

작별

活下去，一定要活下去。

我张开双唇，喃喃自语着你睁着黑溜溜的眼睛却听不懂的那句话。我用力把它写在白纸上，只因相信这是最好的告别。不要死。

所有的白 / 모든 흰

借由你的双眼去看白菜心最里面、明亮的地方，会看到隐藏在那里的最珍贵的嫩叶。

会看到挂在白天空中的半月的凄凉。

有朝一日，我会去看冰河。去仰望每个棱角投下淡蓝色阴影的巨大冰块，以及从未有过生命，却更能感受到神圣生命的某种事物。

我会在白桦树林的沉默中看到你；会透过冬日太阳升起的窗户的寂静看到你；会从跟随着斜照在天花板的光线而晃动的灰尘中看到你。

我会吸入你在那白、那所有的白中呼出的最后一口气。

作者的话

작가의 말

二〇一六年四月,编辑问我是否想写一篇"作者的话"收录在这本书的最后,我婉拒了。记得当时我笑着说,这本书就是作者的话。如今两年过去了,在准备修订版之际,我才产生了想静静地写(觉得可以写)一些话的想法。

二〇一三年的夏天,我初次见到波兰的翻译家尤斯蒂娜·纳巴(Justyna Najbar)。她留着少年一般的短发,穿着黑白色的裙子,眼睛深邃,看上去带着某种悲伤。当时她正在翻译我的小说,我们针对小说中的文章讨论了一些棘手的问题后,尤斯蒂娜一脸真挚地问道:"如果我明年邀请您来华沙,您会来吗?"我没有多想,立刻答应了她。因为当时刚写完《少年来了》的初稿,所以希望等那本书顺利出版以后,能出国休息一下。

时间在我忘记了那次简短的见面以后依旧流逝着,不知不觉又过了一年。《少年来了》终于在五月出版，为了遵守和尤斯蒂娜的约定，我申请了停职准备出国。我从初夏开始整理行李，做起了各种准备。身边的人问我："你不是说想休息吗？怎么偏偏跑去那么冷、那么昏暗的地方呢？"当时，呼唤我的地方只有那座城市，哪怕那里是南极或北极，我也会前往的。但我无法解释清楚这件事。

到了八月底，我和当时刚满十四岁的孩子拖着各自的大行李箱，背着大书包上了飞机。这是我和孩子生平第一次两个人旅行，所以难免产生一种茫然感，就好像突然进入看不见也摸不到的巨大绳结。

第一个月忙得不可开交。我们租了一间位于五楼的、可以看到两棵白杨树树梢的公寓；为孩子注册了为期一学期的国际学校；去拍了证件照；办理了交通卡；开通了手机。因为要减少行李，没带汤锅、煎锅、菜板、被子和毯子等用品，所以每天还要到附近的购物中心采购，用拖箱拖回家。每天早上，我会帮孩子烫好白色的校服衬衫，准备早饭和便当，帮他背好书包和运动服包，目送他沿着河道边的小路去上学，直到背影消失不见。星期五，我会和尤斯蒂娜见面，跟她学习基础的波兰语。作为回报，我会教她汉文。因为尤斯蒂娜在华沙大学教韩国宗教，所以我选了元晓大师的《发心修行章》作为教材。"吃甘爱养，此身定坏，着柔守护，命必有终。"事先查看不认识的汉字备课，不知不觉半天的时间就过去了。

就这样，第一个月的适应期过去以后，我有了相对于在首尔生活时所没有的悠闲。除了散步，就是散步。现在回想起来，我在华沙做的事情几乎只有散步而已。只要有空，我就会到公寓附近的寂静河边散步。在没有计划的情况下搭公交车到老城区，在小巷里徘徊，还会漫无目的地走在瓦津基宫的林荫路上。就这样，我一边走，一边思考着在离开韩国前酝酿已久的《白》。

韩语中的白色有"하얀"和"흰"两个形容词。

有别于前者如同棉花糖一样的白,后者则凄凉地渗透着生与死。我想写的是属于后者的"白"书。有一天,我在散步时想到,那本书应该以母亲生下第一个孩子的记忆展开。二十三岁的母亲突然临盆,独自产下孩子,直到那个女婴咽气的两个小时里,母亲一直低声对她说:"一定要活下去。"某天下午,我走在河边反复念着这句话,突然意识到这句话很熟悉。这句话就跟我在几个月前反复推敲修改《少年来了》第五章中,惨遭刑讯的幸存者善珠对抗病的圣熙姐说的话一样。活下去。

就在十月即将结束的时候,我独自去参观了尤斯蒂娜推荐的华沙抗争博物馆。看完展览后,我来到附设的剧场观看了一九四五年美国空军拍摄的城市影片。飞机徐徐接近城市,白雪皑皑的景色越来越近,但那不是雪景。我屏声息气地注视着一九四四年九月民众起义后,希特勒下令毁灭的城市;百分之九十五以上的建筑被轰炸摧毁的城市;

倒塌的白石建筑变成无边无际残骸的七十年前的城市。那时，我才意识到居住的这个地方是一座"白"城。那天回家时，我想象着某个人，那个与这座城市有着相似命运的、被摧毁后仍能顽强重建起来的人。当我意识到那个人就是我的姐姐，只有借由我的人生和身体才能挽救她时，我已经开始动笔写这本书了。

我记得，因为只有一把公寓钥匙，所以在孩子五点半放学以前，我必须先回家。回家以前，我走在路上构思这本书，想到什么的时候，就停下来站在原地在笔记本上写下几行字。在唯一的卧室里，当孩子熟睡以后，我坐在餐桌前，或是盖着毯子蜷缩着身体坐在沙发上写下一行又一行的字。

就这样，我在那座城市完成了第一、二章，回到首尔后写了第三章。接下来的一年时间里，我又从头到尾慢慢地推敲。这本书如同呼吸般地为我灌输了孤独、安宁和勇气。因为我斗胆想把自己的人生借给姐姐、那个孩子和她，所以我必须持续思考生命的意义。因为我想把流淌着热血的身体给她，所以每分每秒都要抚慰生活中保持温度的身体。我只能这么做。我必须相信我们内心没有破碎的、没有被玷污的、无论如何都不可以被破坏的那一部分。我只能去相信。

也许，我仍与这本书相连着。在我摇摆不定、出现裂痕或快要破碎的瞬间，我会想起那些想要给你的白。我从未相信过神，但唯有这种瞬间会恳切地祈祷。

我要在此向拉开这本书序幕的、一九六六年秋天的年轻的母亲和父亲致以平静且不可能实现的问候，也要向二〇一四年秋天，在得知我在写关于白的书以后，每天放学回来同我分享在学校看到的所有的白的儿子，送上温暖的谢意。最后，向一直守护这本书的编辑金敏贞诗人深表感谢。

二〇一八年 春

韩江

图书在版编目（CIP）数据

白 /（韩）韩江著；胡椒筒译. —成都：四川文艺出版社，2022.8（2024.10 重印）
ISBN 978-7-5411-6376-0

Ⅰ.①白… Ⅱ.①韩…②胡… Ⅲ.①中篇小说 – 韩国 – 现代 Ⅳ.① I312.645

中国版本图书馆 CIP 数据核字（2022）第 100597 号

Copyright © Han Kang 2016
This edition arranged with ROGERS,COLERIDGE&WHITE LTD (RCW)
through Big Apple Agency, Inc., Labuan, Malaysia.
Simplified Chinese edition copyright: 2022 © by Beijing Xiron Culture Group Co.,Ltd.
All rights reserved.

版权登记号：21-2022-174

BAI

白

［韩］韩江 著　胡椒筒 译

出 品 人	冯　静
图书策划	磨铁图书
责任编辑	邓　敏
特约监制	冯　倩
特约制作	任　菲
装帧设计	山川制本 workshop
责任校对	段　敏

出版发行	四川文艺出版社（成都市锦江区三色路 238 号）
网　　址	www.scwys.com
电　　话	010-82068999（发行部）　028-86361781（编辑部）
印　　刷	河北鹏润印刷有限公司
成品尺寸	120mm×185mm　　开　本　32
印　　张	6.5　　　　　　　　字　数　90 千
版　　次	2022 年 8 月第一版　印　次　2024 年 10 月第二次印刷
书　　号	ISBN 978-7-5411-6376-0
定　　价	49.80 元

版权所有·侵权必究。如有质量问题，请与本公司图书销售中心联系调换。010-82069336